글 좀 쓰는 십대

글 좀 쓰는 십대

읽기부터 쓰기까지 단숨에 레벨업

초판 1쇄 발행 2021년 5월 3일
초판 2쇄 발행 2021년 12월 1일

지은이 | 홍재원
펴낸곳 | (주)태학사
등록 | 제406-2020-000008호
주소 | 경기도 파주시 광인사길 217
전화 | 031-955-7580
전송 | 031-955-0910
전자우편 | thspub@daum.net
홈페이지 | www.thaehaksa.com

책임편집 | 김선정
편집 | 조윤형 여미숙
디자인 | 이보아
마케팅 | 김일신
경영지원 | 정충만
인쇄·제책 | 영신사

값 13,000원
ISBN 979-11-90727-70-9 43800

"주니어태학"은 (주)태학사의 청소년 전문 브랜드입니다.

글 좀 쓰는 십대

일기부터 쓰기까지
단숨에 레벨업

홍재원 지음

주니어태학

머리말 '뒹굴뒹굴'이 주는 선물

내 아이는 놀고 싶을 때 놉니다. 공부하고 싶으면 공부하고, 쉬고 싶으면 편하게 낮잠을 자거나 뒹굴뒹굴하죠. 학원에 가고 싶다고 하면 보내고, 싫다고 하면 스스로 안 갑니다. 얼마 전엔, 한참 전 그만뒀던 수학 학원을 다시 다니고 싶다고 해서 그렇게 하라고 했어요.

그러다가 아이가 뒹굴뒹굴할 때 주로 스마트폰을 본다는 걸 알았습니다. 가만. 내가 어릴 땐 뭘 하면서 뒹굴뒹굴했지? 주로 책을 봤던 것 같아요. 그러고 보니 교내 백일장이나 외부 글짓기 대회에서 초·중등 때 상도 많이 받았습니다. 책을 읽어, 그것도 많이 생각하면서 즐기듯 책을 읽어 글 솜씨도 좀 생긴 것 아닌가 싶습니다. 결국 글 쓰는 직업(기자)을 오랫동안 갖게 됐으니 그 시절 뒹굴뒹굴한 것이 영 엉뚱한 짓은 아니었던 셈이죠.

그렇다고 아이에게 강제로 뭘 금지하거나, 해야 한다고 말하긴 어렵습니다. '뒹굴뒹굴'은 말 그대로 뒹굴뒹굴하는 건데, 무엇은 안 되고 무엇은 꼭 해야 한다고 하면 그건 이미 '뒹굴뒹굴'이 아니게 되지요. 그런저런 생각을 하다가 책을 찾아보게 됐어요. 아이가 스스로 책을 찾아 읽고 자연스럽게 글 솜씨도 갖춰 나가도록 도움을 줄 수 있는 책 말이죠.

아주 솔직하게 말하면, 그런 책을 한 권도 찾지 못했습니다. 서점에서 몇 권 뒤적거려보고 직접 사서 읽어보기도 했어요. 많은 훌륭한 저자들이, 특히 교육 관련 종사자들이 전문적인 지식과 현장 경험을 바탕으로 최선을 다해 책을 만들어놓았더군요. 그러나 내가 찾는 건 아니었어요. 대부분 '공부'란 키워드가 노골적으로 또는 은연히 있었습니다.

내 부모는 두 분 모두 초등학교 교사였습니다. 특히 아버지는 나중에 교장선생님도 지내셨고 교육학 박사이기도 했어요. 현장의 전문가였던 두 분은 초등학교 때 내게 여러 조언을 해주셨습니다. 그러나 그분들의 키워드 또한 '공부'였어요. 하지만 내 생각은 다릅니다. 이 책에도 썼듯이, 초·중등 때는 공부보다 뒹굴뒹굴하는 게 더 중요하다고 생각해요. 특히 뒹굴뒹굴할 때 무엇을 어떻게 하느냐가 한 사람의 미래를 좌우할 수도 있다고 믿습니다.

공부의 대표주자 격인 수학을 예로 들어볼까요. 초등학교 때 구구단을 다른 친구들보다 빨리 외우는 게 뭐가 중요하겠습니까. 중학교 때 인수분해를 귀신같이 잘해서 점수를 잘 받는 게 뭐가 중요하겠습니까. 그런 건 나중에 고등학교 때 등장하는 수열·극한·미분·적분 같은 것에서는 연산의 도구 정도로 쓰일 뿐입니다. 수학은 논리죠. 나중에 진짜 어려운 논리를 표현하고 풀어내는 데 그저 도구처럼 쓰이는 덧셈·뺄셈·곱셈·나눗셈 같은 기초 수련에서 앞서 나가는 게 의미가 있을까요?

그보다는 그 시절 뒹굴뒹굴하며 읽었던 책이 나중의 나를 만드는 데 훨씬 더 도움을 줬습니다. 내 어린 시절의 '레전드'였던 과학학습만화라든지, 사람의 인생과 희로애락을 다룬 흥미진진하고 감동적인 문학 작품들···. 그것은 머리와 가슴에 깊이 남아 있습니다. 그런 게 쌓여 좋은 글도 만들어내겠죠. 이것이 바로 '언어'의 특성일 겁니다. 나는 이런 말이 무슨 말인지 아는 사람이 쓴 책을 원했습니다. 그런 경험을 내 아이와 함께 나누고, 책이라는 창을 통해 멘토링을 해줄 수 있는 저자를 원했습니다.

결국 내가 직접 책을 써서 아이에게 주기로 했습니다. 그렇게 이 책을 쓰게 됐습니다. 아이에게 주는 선물은 마음에 들면 간직하고 꺼내 보는 성질의 것이어야 한다고 생각합니다. 그런 책을 쓰려 했습니다.

더구나 요즘 많은 변화가 일어났어요. 코로나19 상황이 오래 지속하면서 여러분이 학교에 가지 못하거나 단축 수업을 하거나 랜선 수업을 하게 되면서, 집에서 뒹굴뒹굴하는 시간도 늘어났지요. 이런 사회 변화에 맞춰 여러분에게 유익한 길잡이 역할까지 할 수 있으면 좋겠다는 마음으로 썼습니다.

이 책은 모두 5부로 구성돼 있습니다. 1부에서는 읽기와 쓰기가 왜 필요한지, 그리고 둘 사이의 관계는 어떤지 간략하게 다뤘습니다. 2~3부는 현대 문학과 고전 작품에서 다섯 권씩 좋은 책을 골라, 어떻게 읽고 어떤 글을 써볼 것인지 다뤘습니다.

그런데 요즘은 단순히 책만 있는 세상이 아니죠. 요즘 많이 접하는 영상물에 대해서도 4부에서 다뤘습니다. 영화와 드라마, 방송 뉴스를 보면서는 어떤 생각을 해볼 수 있을지, 어떻게 글을 써볼 수 있을지 함께 생각해보도록 꾸몄어요.

　마지막으로 5부에서는 글쓰기의 기본적인 원칙 열 가지를 덧붙여봤습니다. 주로 20년 가까이 신문 기자로서 얻게 된 노하우를 바탕으로 했고, 지난 한 해 동안 정기적으로 아이와 함께 읽기·쓰기 토론을 하면서 느낀 부분도 반영했습니다.

　이 책을 읽으면서 단순히 독서와 글쓰기에 관한 팁을 얻을 뿐 아니라, 편견 없이 세상을 바라보면서 우리가 살아가는 데 중요한 문제들은 어떤 게 있는지, 더 나아가 세계 시민으로 어떻게 살 것인지 등을 조금씩이라도 자연스럽게 접할 수 있는 내용으로 꾸미려 노력했습니다. 나도 여러분에 비해 뭐 그리 뛰어날 것 없는 사람이지만, 그나마 '좋은 어른'이 할 수 있는 조언도 조금 담아보려 했습니다.

　반드시 잘 읽고 잘 써야 하는 건 아닙니다. 여러분이 하고 싶은 것, 또 잘할 수 있는 것을 하면 됩니다. 다만 읽고 쓰는 것은 어떤 사회에서든 아주 기초적인 부분이므로, 여러분의 관심사에서 완전히 지워버리긴 어려울 거예요. 내 아이에게 들려주듯, 여러분에게 그 기초에 관한 얘기를 들려주고 싶었어요. 이 책이 모든 걸 해결해주는 만능열쇠일 수는 없어도, 단 한 줄이라도 여러분에게 어떤 깊은 인상으로 남았으면 좋겠습니다.

　그저 편안하게, 뒹굴뒹굴하며 읽었으면 합니다.

차례

3부 ······· 고전으로 읽고 쓰기

1부

잘 읽어야
잘 쓴다

책은 월급, 생각은 이자: 고금리 읽기·쓰기

"선배는 어떻게 그렇게 빨리 써요?"

신문사에서 후배 기자들이 가끔 물었습니다. 내가 기사를 빨리 쓴다면서 그 비법을 궁금해했습니다. 그걸 묻는 후배와 나의 쓰기 속도는 종이 한 장 차이지만, 그 차이에 대해서도 궁금해하는 사람들이 있습니다.

글쓰기의 속도가 빠르다는 건 엉망진창인 글인데도 쓰기를 마치는 데까지 걸리는 단순 시간만 짧았다는 뜻은 아닐 겁니다. 즉 양질의 글을 빠르게 쓰려면 어떻게 해야 하느냐의 문제인데, 답하기 쉽지 않아요. 여러분도 알듯 글쓰기란 게 아주 복합적인 과정을 거치기 때문에 어떤 게 글쓰기의 비결이라고 콕 집어 얘기하기 어렵기 때문입니다.

직업상 글을 쓰는 어른도 이런 질문을 주고받는데, 여러분이 '어떻게 하면 글을 잘 쓸 수 있느냐'고 묻는다면 역시 답하기 어렵습니다. 차근차근 생각해볼 필요가 있어요.

나는 아이와 토요일 오후마다 글을 읽고 쓰는 것과 관련해 함께 생각해보는 시간을 갖고 있습니다. 같은 책을 읽고 독서 토론을 해보기도 하고, 신문 기사를 출력해 즉석에서 같이 읽고 얘기해보기도 합니다.

그러다 보니 확실히 느껴지는 게 있습니다. 어찌 보면 당연한 얘기지만, 책이나 신문 기사 등을 읽는 속도는 내가 아이보다 몇 배 빠릅니다. 만약 해당 기사를 읽고 자신의 의견을 쓰기로 하면? 글쓰기 속도와 글의 질에서도 내가 아이보다 월등하게 앞섭니다. 내 지식과 사고력이 아이를 압도하기 때문이죠. 이 차이는 어디서 오는 걸까요? 비유를 하나 해볼까요?

한 달에 책 한 권을 읽으면 그 내용 100이 내 뇌에 쌓입니다. 이 것을 '월급'이라고 생각해봅시다. 그런데 사람이 아무런 생각도 하지 않고 책을 읽기는 쉽지 않죠. '멍 때리기' 대회가 있을 정도로 아무 생각을 안 하는 것도 어려운 일이긴 합니다. 내가 책을 보면서 10만큼의 생각을 했다면, 110이 내 머리에 쌓이게 되겠지요. 이 10은 독서에서 쌓인 내용 100에 대한 '이자'라 부를 만할 겁니다.

두 번째 책을 읽습니다. 여기에서 또 100의 내용이 뇌에 들어옵니다. 또 10만큼의 생각을 보태게 됩니다. 그런데 기존의 110은 뇌에 남아 있는 상태죠. 이 110 중 10 정도는 두 번째 책을 읽을 때 생각하는 힘을 높여주는 데 사용됩니다. 즉 두 번째 책을 읽을 때는 100의 월급이 생기는 동시에 새로운 이자 10, 그리고 기존에 있던 110에서 작동한 10이 추가로 작동합니다. 돈이 돈을 버는 것과 같은 이치입니다. 실제 예금도 쌓아놓은 돈이 있을 경우 새로 월급이 들어오면 이자에 또 이자가 붙는 복리 이자가 쌓여, 새 월급에 대한 단순 이자보다 더 많은 이자가 생기죠. 즉 두 번째 책으로는 110이 아니라 120을 쌓을 수 있게 되는 셈입니다.

이런 식이면 책 두 권을 읽으면 230만큼의 '잔고' 효과가 뇌에 발생합니다. 무엇이든 읽고 보게 되면 그 양이 늘어날수록 내 생각과 그전에 읽고 본 것에서 쌓아놓은 잔고 일부가 종합적으로 작동해 사고와 지식이 그전에 책을 읽었을 때보다 더 늘어나게 됩니다.

쌓이기만 하는 건 아닙니다. 지출도 있습니다. 대표적인 게 '망각'에 의한 지식의 소멸입니다. 이 지출을 줄이기 위해 여러분은 반복 독서를 하라는 말을 많이 들었을 겁니다. 흥미로운 건 망각(지출)은 주로 책 내용(월급) 자체에서 나갑니다. 이자, 즉 내가 생각했던 부분은 잘 잊어버리지 않아요. 반복적인 독서로 지출을 줄이고, 새로운 독서로 월급을 늘려 나가는 것도 중요합니다. 그런데 시간이 많이 지나면, 지출이 일어나는 월급의 합보다 이자의 합이 더 커질 수도 있습니다.

아이와의 토요일로 돌아가, 내 읽기와 쓰기의 속도, 양, 질이 더 뛰어난 것은 내가 아이보다 더 많은 지식(원금)을 쌓아놓았고, 설사 이 중 상당 부분을 지출(망각)했다 해도 쌓아놓은 이자(생각해본 것)가 워낙 많아서 그것을 새 책 읽기와 쓰기에 투입하면 아이가 쌓아놓은 금액과 상대가 되지 않았던 것입니다.

여러분의 독서나 글쓰기도 다르지 않습니다. 어느 정도로 자주 읽느냐(월급의 크기), 어느 정도로 뇌를 움직여 자신만의 생각을 하며 읽느냐(이자의 크기), 어느 정도로 반복해서 읽느냐(지출의 크기) 등에 따라 그 능력이 좌우되는 것입니다. 월급의 크기는 책 자체가 주는 지식의 양이므로 읽는 사람에 따라 크게 달라지지 않죠. 망각의 정도도 사람마다 다르지만 이 능력을 바꿀 수는 없습니다. 따라서 생각하는 양을 키우는 읽기, 이자의 크기를 키우는 '고금리 읽기'가 중요합니다. 시간이 흐를수록 이것이 글쓰기의 차이를 만들어냅니다.

뇌 근육 키우기: 복근이 복근을 부르는 법

그렇다면 어떻게 하면 '생각하는 읽기' 능력을 키울 수 있을까요? 말 그대로 생각하는 능력, 즉 사고력을 키워야 하겠지요.

팔 근육을 키우려면 아령 드는 운동을 하면 됩니다. 복근을 만들려면 윗몸일으키기를 하라고 하죠. 그러면 사고력을 키우려면? 비유하자면 뇌 근육을 키워야 하는데, 대표적인 운동법이 바로 독서입니다.

책을 읽으면 상상하게 됩니다. 머릿속에 뭔가를 그려보고 정리하게 되지요. 내가 좋아하는 책 중 하나가 마거릿 미첼의 소설 《바람과 함께 사라지다》입니다. 이 책엔 세 남녀의 삼각관계도 나옵니다. 애슐리 윌크스는 내 스타일이 아니었지만, 레트 버틀러와 스칼릿 오하라는 참으로 멋진 캐릭터라고 생각했습니다.

내 나름대로 상상했지요. 레트는 이렇게 생겼을 거야, 스칼릿은 이렇게 생겼을 거야…. 그 책엔 두 사람의 외모나 성격에 대한 묘사가 여기저기 나오거든요.

《바람과 함께 사라지다》는 영화로도 나왔습니다. 나는 책을 먼저 봤어요. 중학생 때였던 걸로 기억해요. 고1 때 그 세 권짜리 책을 아주 친했던 친구의 다른 책과 바꿔 본 기억이 나니까요. 친구가 준 책은 두 권짜리 《닥터스》였어요. 이걸 기억하는 이유가 있지요. 결국 서로 책을 다시 돌려주지 못했어요. 내겐 지금 《닥터스》만 있어요.

영화는 한참 후인 대학생 때 봤습니다. 하도 명화라고 해서 봤는데, 정말이지 깜짝 놀랐어요. 레트와 스칼릿이 내가 상상하던 그 모습이 아니었거든요. 특히 남자 주인공인 레트를 보고 이런 생각을 했습니다.

"아니, 웬 할아버지가 레트 버틀러랍시고 나오네!"

훨씬 젊고 날렵하고 또 비꼬는 듯하면서도 장난기 있는 웃음을 가진 그 얼굴. 내 상상 속의 레트 버틀러를 영화가 박살내버렸죠. 그때 처음 느꼈어요. 책의 힘을 말이죠. 머리를 움직여주는 그것, 바로 책의 힘입니다. 한 권만 읽으면 이런 경험은 한 번만 하겠죠.

그러나 두 권, 세 권이면 어떨까요. 100권이면 어떻게 될까요. 뇌 근육이 강력해져 '몸짱'이 아닌 '뇌짱'이 될 겁니다.

이런 생각이나 경험을 나만 하는 건 아닌 모양입니다. 학문을 하는 사람은 특히 비교 연구 방식을 많이 씁니다. '독서의 효과'를 드러내주는 연구 중 내가 경험한 '레트 버틀러 효과'를 입증한 전문가의 연구 결과가 이미 있어 흥미로웠습니다.

한윤옥 경기대학교 문헌정보학과 교수는 〈상상력에 미치는 독서의 효과에 관한 실험적 연구〉라는 논문을 냈는데요. 이분은 서울시내 초등학생 25명과 문헌정보학과 대학생 11명 등을 대상으로 비교 연구를 했어요. 동화 속에 나타난 자동차의 모습과 영화 속에 나타난 야수의 모습을 상상해 그림으로 그려보는 실험이었죠.

그 결과 아주 다채로운 자동차의 모습을 그리거나, 심지어 우리가 생각하는 기본적인 자동차의 모습과 전혀 다른 모습의 차를 그린 그림이 전체 작품의 53퍼센트에 달했습니다. 반면 영화를 보고 난 후 거기에 등장하는 야수에 자신의 상상을 가미해 그려보라 했더니 영화 속 캐릭터와 크게 다르지 않은 작품이 64퍼센트나 됐어요.

특히 초등학생의 상상력은 대학생보다 더 강력했어요. 동화 속 자동차 모습을 색다르게 그린 초등학생은 64퍼센트나 됐지만 대학생의 경우엔 27퍼센트에 그쳤다고 합니다. 영화 속 야수를 색다르게 표현한 비율도 초등학생은 44퍼센트, 대학생은 18퍼센트

였어요. 연령이 낮으면 상상력이 더 풍부하다는 뜻이라고 한 교수는 분석합니다. 여러분이 어른보다, 책이 영상보다 뇌 근육을 더 키울 수 있다는 뜻입니다.

　여러분이 주로 즐겨 보는 건 무엇인가요? 책인가요, 영상인가요? 상상력과 사고력을 키워주는 운동을 시켜주는 걸 보고 있다고 확신하나요? 여러분이 TV 오락 프로그램이나 유튜브를 보면 그건 그대로 여러분의 뇌에 꽂힙니다. 마치 탄환을 맞거나 주사 한 방을 맞은 것처럼 말이죠. 물론 쉽죠. 받아들이기엔 재미있고 편합니다. 언론학에서는 이를 '탄환 이론' 또는 '피하주사 이론' 등으로 부릅니다.

　그러나 그런 것은 뇌를 많이 작동시키지 않습니다. 몸의 근력을 키울 때도 마찬가지겠죠. 힘들게 윗몸일으키기를 해야 복근이 생깁니다. 공들여 뇌를 움직여야 생각하는 힘이 길러집니다. 복근을 만드는 왕도가 없듯, 뇌 근육을 만드는 다른 방법은 없습니다.

　복근이 생기면 더 강도 높은 운동을 할 수 있게 돼 더 깊은 '초콜릿 복근'을 만들 수 있죠. 복근이 복근을 부르듯, '생각하는 읽기'를 지속하면 그 힘도 더 강력해질 수 있습니다. 생각하는 읽기를 하려면 생각하는 힘을 길러야 하고, 그러려면 읽기를 많이 하라는 말이니, 뭔가 순환 논리처럼 느껴집니다. 정리하면 다음처럼 도식화할 수 있겠네요.

생각하는 읽기 → 뇌 근육 확대 → '고금리 독서' → 읽기·쓰기 능
력 향상 → 생각하는 읽기…

이것은 일종의 읽기·쓰기에 관한 선순환이라고 볼 수 있습니
다. 그러면 구체적으로 어떤 게 '생각하는 읽기'일까요? 그리고
이런 읽기는 어떻게 글쓰기와 연결될 수 있을까요? 이런 내용을
뒤에서 본격적으로 여러분에게 소개하려 합니다. 그런데 그전에
할 일이 있어요. 여러분의 뇌 근육 키우기를 방해하는 요소를 먼
저 짚어봐야 합니다.

아무리 저축을 해도 그 돈이 빚 갚는 데 다 들어간다면 돈을 모
을 수 없습니다. 운동을 아무리 해도 밤에 폭식을 하면 근육은 생
기기 어려운 것과 같은 이치입니다.

열린 뇌와 그 적들 ───────────

스마트폰의 목표는 여러분의 중독

수동적으로 뭔가를 받아들이기만 하면 우리 뇌는 허약해지고 맙니다. 그런데 이렇게 만드는 주범이 요즘 스마트폰입니다. 이 글을 읽는 여러분은 혹시 스마트폰의 포로가 돼 있지는 않은지요. 이젠 아주 대놓고 스마트폰만 만지작거리고 있는 게 여러분 자신의 모습은 아닌지요.

여러분도 뭔가에 중독된 사람을 보거나 그런 사람 얘기를 들은 적이 있을 겁니다. 술이나 담배, 약물이나 도박 같은 것에 중독된 현상 말이죠. 무엇에 중독이 되면 네 가지를 잃는다고 합니다. 돈, 시간, 사람, 건강. 그런데 스마트폰의 문제가 바로 여기에 있습니다. 중독성이 강하다는 것이죠. 이건 단순히 내 개인적인 생각이 아닙니다. 스마트폰에 숨겨진 공공연한 비밀입니다.

미국 캘리포니아주에는 실리콘밸리라 불리는 첨단 기술 연구단지가 있습니다. 스마트폰을 중심으로 한 제조사와 관련 소프트웨어 개발사 등이 모여 있는, IT 업계의 메카라고 할 만한 지역이지요. 그런데 실리콘밸리의 스마트폰 관련 종사자는 자녀에게 절대 스마트폰을 사주지 않는다고 합니다. 그들 스스로 스마트폰이 무엇인지 가장 잘 알고 있기 때문입니다. 그들은 말합니다. "스마트폰 관련 개발자의 목표는 사용자가 스마트폰에 중독되게 하는 것입니다. 사업상 당연한 거죠. 그래서 내 아이들에겐 스마트폰을 절대 주지 않습니다."

모든 사업가는 자신의 물건을 많이 팔고 싶어 합니다. 가장 좋은 건 자신들의 제품에 소비자가 중독되는 것이죠. 물론 마약 같은 불법 물질과는 완전히 다른 얘기지만, 스마트폰이나 일부 앱, 게임처럼 합법적 제품이라면 얘기는 달라집니다. 중독될수록 제품은 계속 팔리거나 더 많이 팔릴 것이며, 결국 관련 사업을 하는 사람은 돈을 많이 벌게 되겠죠. 스마트폰 업계가 그런 중독을 목표로 삼고 있습니다. 소비자가 중독되게 만드는 것이죠. 그중 한 사람이 바로 당신, 여러분입니다.

IT 분야 종사자가 학부모의 대부분인 실리콘밸리 '발도로프 학교'에서는 모든 학생이 첨단 단지에 사는 만큼 스마트폰이나 첨단 기기를 많이 사용할까요? 현실은 정반대입니다. 이 학교는 학생의 디지털 기기 사용을 엄격하게 제한하고 있습니다. 다른 소비자는 다 중독돼도 내 아이만큼은 절대 안 된다는 것이죠. 이 동네의 부모는 아이를 돌봐주는 보모와도 '아이의 디지털 기기 사용을 엄격하게 제한하는 내용'의 계약을 맺는다고 합니다.

2018년 12월 2일 방영된 〈SBS 스페셜〉 제531회를 보면 스마트폰의 불편한 진실을 잘 알 수 있습니다. 다음은 뉴욕대학교 심리학과의 애덤 올터 교수의 말입니다.

당신이 비즈니스를 하는 사람이라 가정하고 어떤 물건을 판매한다면, 당신은 사람들이 그것을 좋은 물건이라고 믿을 수 있도록 당신이 먼저 제품을 써야 합니다. 이것이 대부분의 비즈니스가 작동하는 방식입니다. 그러나 예외적인 상황이 하나 있는데, 그것은 바로 테크 스크린 세계입니다. 그들은 자신들의 기술이 얼마나 새로운지 이야기하면서 막상 자신들의 아이들은 그것을 사용하지 못하게 하고 있습니다.

과학계엔 '적정 기술'이라는 개념이 있습니다. 원래는 낙후된 국가에 지나치게 앞선 기술이 도입되면 오히려 부작용을 낳는다는 개념으로 사용되기 시작했는데, 지금은 '과도한 기술에 따른 부작용'을 경계하는 개념이 됐습니다. 이를테면 핵분열이 원자폭탄으로 이어진 사례가 적정 기술을 넘어선 대표적 사례입니다. 그럼 스마트폰은 적정 기술 범위 안에 있는 걸까요? '내 손안의 네트워크'가 인류를 중독되게 하고 괴롭히는 수단으로 변하는 건 아닐까요? 나는 이 부분을 걱정하는 쪽에 서 있습니다. 중독은 돈, 시간, 사람, 건강을 잃게 만들곤 하기 때문입니다. 지나친 정보 노출도 우려할 만한 대목입니다.

내가 청소년일 때는 '바보상자'라는 말이 널리 쓰였습니다. TV를 두고 한 말이죠. 볼 만하고 재미도 있지만, 자꾸 그것만 보면 아무 생각이 없는 바보가 된다는 경계심에서 나온 말이었어요. 오락실에 들락거리면 어른들에게 혼이 났죠. 당시 첨단 기기임에도 중독되어 돈과 시간을 버린다는 거였죠. 그런데 그걸 다 합친 것을 능가하는 게 스마트폰입니다. 이름마저 바보가 아닌 '스마트'네요. 여러분이 헷갈릴 만하지 않나요? 역시 어른들이 고민하고 해결할 문제겠죠.

'탄환'과 '피하주사'는 되도록 피하는 게 좋습니다. 뇌 근육은 사라지고 시간만 잡아먹을 뿐입니다. 이 문제는 스스로 해결해봅시다. 부모님이 "이제 스마트폰 그만해!"라고 말하기 전에, 나 스스로 스마트폰에 중독되지 않도록 슬기롭게 대처해봅시다. 전혀 쓰지 않으면 현대 사회에서 도태될 수도 있고 친구들과 멀어질 수도 있겠죠. 꼭 필요한 정도를 스스로 정해봅시다. 먼저 하루에 얼마나 스마트폰을 사용하는지 파악해보고, 꼭 필요할 때만 쓰려면 그중 얼마나 쓰면 되는지 자기 자신이 가장 잘 측정할 수 있습니다.

지나친 선행 학습은 오히려 독이 된다

지금부터 하는 얘기는 여러분에게 솔깃하면서도 반쯤은 의심이

가는 얘기일 수도 있습니다. 학교 성적과 관련한 공부를 심하게 하는 것보다 오히려 생각하는 힘을 기르는 게 더 좋다는 말을 하려고 하거든요. 지금 당장 입시를 앞둔 고등학교 수험생에게 이런 말을 할 수는 없겠지요. 그러나 대부분의 10대 청소년의 경우는 독서량을 늘리고 생각해보고 글을 써보는 게 더 좋습니다.

그러려면 시간을 만들어야 합니다. 남이 하는 것 다 해서는 책을 읽을 짬이 나지 않지요. 물론 공부도 많이 하고 학원을 많이 다니면서도 틈틈이 읽는다면 독서할 시간이 아예 없지는 않겠지요. 그러나 현실적으로 사람의 에너지는 그렇게 작동하지 않아요. 할 일이 많고 너무 바쁘면, 짬이 날 때 쉬어야 합니다. 누워서 뒹굴거리거나 이른바 '멍'을 때리거나 그냥 단순한, 이를테면 탄환이나 피하주사라도 좋으니 편안한 걸 접하면서 쉬고 싶어지지요. 이럴 때는 책을 읽어도 제대로 읽는 게 아니게 됩니다. 뇌 근육이 이미 탈진 상태거든요.

그럼 어떻게 하란 말일까요? 여러분 중 대부분은 지금 하는 공부량을 좀 줄여도 됩니다. 물론 입시 공부는 현실입니다. 아예 버렸다가 나중에 후회하지는 않을지 불안할 수밖에 없겠죠. 대학 입시를 치러야 하는 한국 교육의 엄혹한 현실 속에서, 공부도 일단 잘하고 봐야 한다는 불안감이 있을 거예요. 이해합니다. 그러나 이런 현실을 감안하더라도, 여러분은 책을 더 많이 읽어야 합니다. 한마디로 여러분은 나이에 비해 공부량과 선행 학습이 지나칩니다.

여러분은 선행 학습을 많이 하지요? 학생마다 사정은 달라도, 요즘엔 영어는 기본적으로 초등학교 때부터 전문 학원을 다녀야 하고, 수학은 초등학교 때 중학교 과정을, 중학교 때 고등학교 과정을 다 끝내는 걸 목표로 한다면서요? 국어 쪽은 또 어떻습니까. 논술 대비랍시고 학원에 다니거나 방문 과외를 통해 이런저런 교재를 익히고 글쓰기 연습을 합니다. 그러다 보니 일주일을 쪼개어 각종 학원에 다니게 됩니다. 미술이나 피아노 같은 취미 활동이나 예체능 수업을 합치면 그야말로 잘나가는 연예인 스케줄 못지않은 일정을 소화해야 하지요.

이래서는 책을 읽을 수가 없습니다. 둘 중 하나는 일부 포기해야 합니다. 그러나 여러분이나 부모님은 "대학을 가려면 학원에서 선행 학습을 해야 해. 그러나 책도 많이 읽어야 해"라고 말합니다. 모순된 말이에요. 애초에 불가능한 구조를 만들어놓고 그 속에서 뭔가 가능토록 할 방법은 지구상에 없습니다. 그러면 공부와 독서 중 어느 한쪽을 포기하거나 비중을 확 줄일 수밖에 없는데요, 어느 쪽이 맞을까요?

이 책을 쓰는 지금도 코로나19로 전 세계가 비상입니다. 여러분도 학교에 제대로 가지 못했을 겁니다. 이 책이 출판되는 시점에도 그럴 가능성이 커 보입니다. 우리나라에서 코로나가 처음 확산하던 건 지난해 3월이었어요. 학생들은 개학 시기가 지났지만 아무도 등교하지 못했죠. 집에서 우왕좌왕하고 있었어요. 그때는 온라인 수업 같은 것도 준비돼 있지 않을 때였습니다.

방송 뉴스도 연일 코로나19를 다루고 있었죠. 한 뉴스에 인천 지역의 어느 교장 선생님이 전화로 인터뷰하는 장면이 나왔습니다. 진행자가 모두 궁금해하는 걸 물었죠. "개학이 미뤄졌는데, 학생들이 집에서 어떻게 학습하면 좋겠습니까?" 그 교장 선생님은 이렇게 답했어요. "아이들이 책을 많이 읽으면 좋겠어요." 교장 선생님은 공부 얘기를 하지 않았습니다. 오히려 독서 얘기를 했죠. 이 교장 선생님은 현장의 전문가로서 이미 정답을 알고 있는 겁니다.

사람에겐 수학修學 능력이라는 게 있어요. '수학능력시험' 할 때 그 수학 능력인데, 배움의 능력이라는 뜻입니다. 수학 능력은 사람마다 다 다르고 또 연령대별로도 차이가 납니다. 한 가지 예를 들어볼게요. 여러분이 수학 과목에서 입시 교육과정의 최고 난이도인 미분·적분을 배워 이해할 수 있을까요? 질문을 바꿔보죠. 불가능이란 없으니까요. 선행 학습으로 미분·적분을 이해하고 자유자재로 풀어내려면 어느 정도의 시간이 걸릴까요? 학생마다 다르겠지만, 내가 보기엔 최소한 몇 년은 걸릴 겁니다.

A라는 초등학생이 수학 선행 학습을 거쳐 고교 과정을 끝낼 때쯤엔 A는 이미 중3 정도가 되어 있을 겁니다. 그런데 중3 과정까지 마친 학생 B가 미분·적분을 선행 학습하는 데는 어느 정도의 시간이 걸릴까요? 2~3개월이면 됩니다. 즉, A와 B는 거의 같은 시점에 미분·적분을 알 수 있게 되는 겁니다. 그러면 A는 뭘 한 거죠? 시간을 낭비한 겁니다. 수학 능력의 차이가 만들어낸 웃지

못할 결과입니다. B는 중학교 과정까지 이미 차곡차곡 쌓아둔 상태이기 때문에 수학 능력이 초·중학교 때의 A와 달랐고, 그래서 미분·적분을 빠르게 이해할 수 있었을 것입니다.

물론 A도 누리는 게 있습니다. 선행 학습을 하면 '지금 배우고 있는 것'은 훨씬 쉽게 느껴지죠. 그래서 성적이 좋습니다. 즉 중학교 때 성적은 A가 더 좋습니다. A는 당시엔 높은 만족감을 얻게 됩니다. A의 부모님도 그 시기에는 매우 기쁘고 A가 자랑스러우셨겠죠? 그러나 진짜 대학 입시는 고등학교 때 갈립니다. B는 중학교 때는 반에서 10등을 하고, 고등학교에는 반 20등으로 입학하지만, 고등학교에 들어가자마자 전교 10등으로 바뀝니다. A를 추월하기도 하지요. 현실적으로 심심찮게 벌어지는 일입니다.

나는 B의 경우에 더 가까웠어요. 중학교 때까지 그럭저럭 교과서 공부만 따라가다 보니, 고등학교 입학 때는 반에서 13등으로 들어갔습니다. 그런데 고1 첫 모의고사에서 곧바로 전교 12등이라는 성적표를 받았습니다.

초등학교 때, 중학교 때 1등을 하기 위해 꼭 엄청난 시간을 투입해야 할까요? 초등학교나 중학교 때는 선생님이 가르쳐주시는 대로 잘 따라가기만 하면 됩니다. 지나친 선행 학습은 오히려 시간 낭비인 경우가 많습니다. 입시를 목표로 하는 이상, 수학 능력이 적절해진 시점에 짧은 시간을 투입하면 되는데 말이죠. 그렇다면 여러분은 무엇을 위해 그토록 바쁜 선행 학습 일정을 소화하고 있나요? 남들 하는 대로, 아니면 잠깐의 만족을 위해, 불안감을 없애기 위해 비효율적인 일을 하는 건 아닐까요?

학생들의 공부와 학원 소화량은 사람에 따라 다릅니다. 이 또한 스마트폰과 마찬가지입니다. 자신이 가장 먼저 판단해야 해요. 만약 다니는 학원이 재미가 있다? 그럼 다니세요. 내가 하는 영어·수학 공부가 재미있다? 그럼 하세요. 그러나 재미가 없는데도 억지로 하지는 맙시다. 여러분 또래는 현재 배우는 교과서 공부에만 충실하면 됩니다.

억지로 하는 선행 학습은 효과가 없을뿐더러 여러분의 뇌를 지치게 만듭니다. 생각하는 힘을 키우는 시간만 잡아먹는 '독약'이 될 수도 있습니다.

오히려 좁아진 '세상을 보는 창'

뇌 근육 키우기는 '생각하는 읽기'를 통해서만 가능한 건 아닙니다. 오히려 직접 경험하는 게 더 강한 지식과 사고의 경험을 주겠죠. 그래서 어른들도 여러분에게 많은 경험을 해보라고 합니다. 그러나 불행하게도 사람은 살면서 모든 것을 직접 경험할 수는 없습니다. 그래서 '세상을 보는 창'이 필요합니다. 책이 바로 깨끗한 창문 역할을 해줍니다. 지식과 경험을 직간접적으로 제공해주는 여러분의 눈이 되어줍니다.

어릴 때 책 선물을 받아본 적이 있어요. 초등학교 2학년에 올라가는 날, 1학년 때 담임선생님이 15권짜리 과학학습만화를 선물로 주셨지요. 그 책은 지금도 전설로 남아 있습니다. 내 아이가 뭘 물으면 나는 곧잘 답합니다. "응, 그건 이거야." "응, 그건 저거야." 아이는 궁금한 듯 묻습니다. "아빠, 그거 어떻게 알아요?" 하고. 그런데 희한하게도 상당 부분이 그 과학학습만화에서 본 내용입니다. 마치 액션 영화 막판에 악당이 주인공에게 "당신 정체가 뭐야!"라고 말하며 죽어가는 그 톤으로 내 아이는 외친 적이 있어요. "도대체 그 만화, 정체가 뭐야!"

그 만화 전집은 절판돼 아이에게 보여주거나 지금 사줄 수는 없어요. 그 때문인지 우리 집에서 그 과학학습만화는 신화적 책으로 거론됩니다. 실존하기는 했느냐는 농담도 오갑니다. 그만큼 책이 주는 지식은 중요합니다. 방대합니다. 오래갑니다. 그것으로 나는 우주와 자연, 동·식물, 인체, 세계 각국의 특징 등을 알게 됐죠. 어린 나에겐 세상을 보는 맑고 깨끗한 창 중 하나였던 겁니다.

책은 우리가 도저히 가볼 수 없는 곳으로 안내해주기도 합니다. 바로 '시간 여행'이죠. 《로빈슨 크루소》를 읽으면 신항로 발견의 시대(일명 대항해시대)에 어떤 식으로 항해하고 생활했는지 자연스럽게 알 수 있게 됩니다. 당시 총은 지금의 자동연발식이 아니란 것도 나오죠. 《로빈슨 크루소》엔 화약으로 쏘는 총이 등장합니다. 젖은 화약은 굳어서 쓰지 못하게 돼 바로 버려야 합니다. 잘 건조된 상태로 보관된 화약을 총구에 밀어 넣고 탄알을 따로 장전해야 총을 쏠 수 있지요.

세상엔 《로빈슨 크루소》 책만 있는 게 아니잖아요? 많은 책을 읽으면 자연스럽게 인류가 살아오면서 겪은 수많은 지식이 간접적으로 체험되고 내 머리에 쌓이게 됩니다. 여러분은 이런 생각을 할 수 있을 겁니다. "요즘 같은 스마트폰 세상에 구닥다리 책 같은 소리 하네." 영 틀린 말은 아닙니다. 요즘 궁금한 게 있으면 스마트폰으로 검색하면 되겠죠. 또 스마트폰을 중심으로 한 네트워크 세상은 이미 우리에게 닥친 현실입니다. 현실을 부정하며 살 수는 없습니다.

그러면 책 대신 일명 '뉴미디어'로 세상을 보면 될까요? 김경일 김포대학 영상미디어학과 교수는 〈정보격차 해소 방안으로서 미디어 교육: 독서교육의 관점에서〉라는 논문에서 이렇게 말합니다. "오락성이 강한 영상매체의 증가는 어린이, 청소년, 정년퇴직자 그리고 소외자 같은 사람들을 시청에 끌어들여 개인적인 지식 성장에 기여하는 독서력을 감퇴시킨다. 이에 따라 사회적으로 불평등한 지식 분배의 영향이 개인과 계층 간의 지식 격차를 확대한다."

오락적 영상매체는 생각하는 읽기 능력을 감퇴시킨다는 것입니다. 김 교수의 연구로는, 잘 읽는 사람은 뉴미디어를 통해서도 더 많은 정보를 더 잘 습득합니다. 반면 독서를 안 하는 사람은 아무리 뉴미디어를 봐도 지식과 정보 습득을 잘 못하더란 것입니다. 생각하는 힘을 기르지 못한 것과 무관치 않을 겁니다. 이렇게 되니, 잘 읽는 사람과 그렇지 못한 사람은 뉴미디어 시대에서도 지식 습득 능력이 달라질 수밖에 없습니다. 김 교수의 결론입니다.

이를 해결하기 위한 방법은 독서다. 독서는 인간의 지식수준의 향상은 물론 인간의 정체성을 확보해주며, 정보를 해석하고 분석하고 비판할 수 있게 하는 고도의 지적 능력을 획득하게 하기 때문이다.

첨단 사회, 빌 게이츠의 습관

요즘엔 동네 서점이 많이 없어졌습니다. 대형 서점 몇 곳만 드물게 남아 있게 됐습니다. 그래서 이제 서점이란 큰마음 먹고 부모님에게 데려가 달라고 하거나 대중교통을 이용해야 갈 수 있는 '먼 곳'이 돼버렸죠. 아쉬운 일입니다.

서점에 가면 분야별로 책이 잘 정리돼 있습니다. 찬찬히 둘러보면서 여러분이 마음에 드는 책을 꺼내어 조금씩 읽어보세요. 분명 흥미를 끄는 책이 있을 거예요. 독서를 많이 하는 것은 좋습니다. 그러나 읽히지 않는 책을 억지로 읽을 수는 없는 일입니다. 이런 책을 읽으면 책을 펴놓고 눈은 글자를 쫓고 있으나 아무 생각도 들지 않는, 그야말로 '멍 때리기' 독서가 될 가능성이 커요. 내가 흥미를 느끼고 많은 생각을 할 수 있는, 나만의 읽을거리를 찾아보는 게 좋습니다. 물론 부모님이나 선생님, 다른 어른들이 좋은 책이라고 추천하는 것도 참고할 필요가 있지요. 그러나 여러분이 그런 책만 읽을 수는 없습니다.

내 아이는 《세라 이야기》를 좋아합니다. 나도 좋은 책이라고 생각합니다. 그런데 내가 좋다고 생각한, 또 많은 어른이 추천하는 책 중《일리아드》가 있어요. 3부에서도 소개할 책입니다. 그러나 정작 내 아이에게 추천했더니, 읽다 말고 말하더군요. "아빠, 정말 재미없어서 도저히 못 읽겠어. 나중에 읽으면 안 될까?" 그러라고 했습니다. 독서는 재미있게 하는 것이지, 억지로 하는 게 아니니까요.

그럼 어떤 책이 재미있는 책일까요? 재미가 있다, 없다는 건 사람마다 다르지요. 어떤 음식이 가장 맛있는지를 정의하기 어려운 것과 마찬가지입니다. 물론 많은 사람이 맛있다고 느끼는 건 있죠. 삼겹살이나 스테이크 같은 고기류나 파스타 같은 음식을 파는 곳이 소문난 맛집인 경우가 많아요. 이런 게 책으로 치면 어른들이 궁리해서 추천하는 그런 책입니다. 읽어보니 많은 사람이 재미있어하고 또 삶에 도움도 되더라는 거죠.

그러나 때론 개별적인 기호가 작동합니다. 돼지고기 10인분도 필요 없고 시원한 물이나 음료만 마시고 싶을 때가 있습니다. 목이 마른 건 내 몸에 물이 필요하다는 신호죠. 또 어느 날은 갑자기 신선한 과일이 먹고 싶을 때가 있습니다. 또는 생선 요리가 당기는 날이 있습니다. 우리 몸이 알려주는 겁니다. 몸 안에 수분이 부족하거나 과일 또는 생선이 가진 영양소가 부족하다는 걸 자연스럽게 알게 해줍니다. 그땐 그 음식을 먹는 게 좋습니다. 우리 몸에 필요한 것이니까요.

책도 마찬가지입니다. 여러분의 흥미를 끄는 책은 여러분이 갈증을 느끼는 바로 그 부분을 채워줄 수 있는 책이라는 뜻입니다.

책 내용이 잘 흡수될 뿐 아니라 맛을 음미하듯 책을 음미하고 생각하며 읽을 수 있습니다.

여러분은 빌 게이츠라는 이름을 들어봤을 겁니다. 마이크로소프트MS라는 회사를 창업한 미국의 CEO죠. 나는 이 사람이 제법 성공한 사람이라고 생각합니다. 세계 최고의 갑부거나 유명해서가 아닙니다. 빌 게이츠는 가장 명문이라는 하버드 대학을 다니다 중퇴했습니다. 그리고 회사를 창립했죠. 이 회사가 마이크로소프트입니다. 최고 명문 대학 졸업장보다 자신의 꿈이 더 중요했던 것입니다.

마이크로소프트 덕분에 우리는 PC에서 마우스를 씁니다. 지금은 터치스크린으로 발전했지만, 당시에는 시각적인 어떤 아이콘을 클릭하는 개념 자체가 혁명이었습니다. 요즘의 터치스크린도 결국에는 마우스를 손가락으로 바꾼 것에 불과하죠. 마우스는 지금도 PC를 다루는 가장 보편적인 방식입니다. 즉 빌 게이츠는 다른 사람의 눈을 의식하지 않고 자신의 길을 걸어 세상을 바꾼 사람입니다.

더구나 빌 게이츠는 자신이 번 돈의 아주 많은 금액을 기부합니다. 돈보다 더 중요한 가치를 추구하겠다는, 자신의 인생을 살겠다는 당당함입니다. 그렇게 자신만의 삶을 만들어가다 보면 세속적 성공, 즉 부나 명성은 그저 따라오는 것이라는 걸 빌 게이츠는 잘 보여줍니다.

그런데 빌 게이츠는 이런 말을 했습니다. 미국의 한 주립도서관에 거액을 기부하면서 한 말입니다. "지금의 나를 만들어준 건 동네의 공공도서관이었습니다." 빌 게이츠는 어릴 때부터 독서광 이었습니다. 그가 최신 IT 기술이나 과학 서적만 '선행 학습'했을 까요? 그렇지 않습니다. 빌 게이츠는 《샬롯의 거미줄》이나 《둘리 틀 선생》 이야기, 《타잔》 같은 문학에 깊은 재미를 느꼈다고 합니 다. 단순히 과학기술이나 IT에 갇히지 않고, 뇌 근육과 넓은 지식 을 쌓을 수 있는 독서를 했던 것이죠. 이런 책을 읽으면서 빌 게이 츠는 많은 생각을 했을 겁니다. 아주 높은 '금리', 즉 사고의 경험 을 어릴 때부터 쌓았을 겁니다.

여기서 그치지 않고, 어른이 된 지금도 그는 《위대한 개츠비》나 《호밀밭의 파수꾼》, 《매디슨 카운티의 다리》 같은 소설책을 가장 감명 깊게 본 책으로 꼽습니다. 이런 책은 공학적인 지식과 관련 이 없습니다. 매디슨 카운티의 그 다리가 어떤 건설 기술로 만들 어졌는지 알게 해주진 않습니다. 다만 빌 게이츠가 이런 책을 읽 으며 다른 많은 생각을 했을 거란 점은 분명합니다. 삶과 사랑 등 에 대해서 말이죠.

빌 게이츠는 자신의 꿈을 스스로 만들어 삶을 채워가는 힘을 얻었습니다. 생각하는 힘을 기르는 습관 덕분입니다. 빌 게이츠 뿐 아니라 훌륭한 사람이라고 인정받는 사람 중에는 어릴 때부터 독서 습관이 없었던 사람을 찾는 게 더 어려울 정도입니다.

여러분도 빌 게이츠처럼 직접 서점 또는 도서관에 가서 책을 골라보세요. '나만의 책'을 사거나 빌리는 겁니다. 그 책은 당연히 내가 재미있다고 느낀 것일 테고, 억지로 읽어야 하는 것과는 큰 차이가 납니다. 애정이 듬뿍 담긴 책이 될 겁니다. 반복해서 읽을 가능성이 크니 쌓이는 '월급'도 많아지겠죠. 아울러 많은 생각을 하면서 읽게 될 것입니다.

　지금까지 글쓰기를 잘하려면 어떻게 해야 하는지 생각해봤습니다. 반복적인 읽기도 좋지만 생각하는 읽기가 더 중요합니다. 뇌 근육을 키워 더 많은 생각을 하도록 해주기 때문입니다. 가장 큰 방해 요소는 스마트폰과 지나친 선행 학습입니다. 이것은 피하는 게 좋겠습니다. 생각하는 읽기는 쓰기뿐 아니라, 자신이 주도하는 삶과 성공을 부르는 강력한 힘입니다.

이제부터는 구체적인 작품을 통해 어떻게 잘 읽을 수 있는지, 또 그
가운데서 글쓰기의 비법은 어떤 게 있는지 소개하려 합니다. 가장
중요한 것은 역시 '생각하는 힘'입니다.

어떤 책이나 영화, 뉴스 등을 읽거나 볼 때는 나만의 시선으로 분석
해보려는 노력이 따라야 합니다. 그러면 좋은 글쓰기도 저절로 따라
나오게 됩니다. 먼저 2부에서는 여러분이 좋아할 만한 현대 문학으
로 다섯 작품을 골라봤습니다. 물론 다른 좋은 책도 많습니다. 또 여
기에 등장하는 작품에 대한 읽기와 쓰기 방법은 한두 가지 사례일
뿐입니다. 자신만의 독특한 시각으로 더 훌륭한 글을 얼마든지 쓸 수
있다는 점을 잊지 말기 바랍니다.

2부

현대 문학 작품으로

읽고 쓰기

01 감각과 존재 그리고 상상력

미국 청소년 문학의 대표적인 작가, 로이스 로리의 소설《기억전달자》는 획일적인 삶을 살아가야 하는 어느 마을에서 벌어지는 일을 다루고 있습니다. 식사 후 느낌 얘기하기, 아침엔 각자 꾼 꿈 얘기하기, 밤에 집 밖에 나오지 않기, 나이별로 정해진 것만 하기…. 책도 정해준 것 외에는 읽을 수 없습니다. 심지어 이 마을에선 아기를 낳는 사람이 따로 정해져 있고, 결혼은 '위원회'가 정해준 사람과 해야 하며, 아이는 위원회가 정해준 대로 데려와 키워야 합니다. 그리고 열두 살이 되면 어떤 직업을 가질지 위원회가 정해줍니다. 규칙을 어기거나, 특정한 조건을 채우지 못하고 태어나거나, 나이가 들면, '임무 해제', 즉 죽임을 당하게 됩니다.

주인공 소년 조너스는 열두 살이 되면서 '기억보유자'라는 특수한 직업을 지정받게 됩니다. '기억전달자'인 한 노인에게서 인류의 기억을 전수받아 나중에 위원회에 조언을 해주는 사람이지요. 획일적인 삶 외의 것들, 즉 인류가 역사 속에서 하고 살았던 것을 단 한 명씩만 기억해 전수하는 것입니다. 왜 이런 일이 벌어졌을까요? 사랑 같은 감정에서 오는 고통을 없애고 강력한 규칙을 통해 위험한 사고 같은 게 일어날 가능성을 방지하려는 것입니다. 그야말로 획일적이면서도 '안전 사회'인 셈이죠. 알고 보니 색깔이나 냄새 등 인류의 보편적 기억 일부마저도 통제하는 사회입니다. 조너스만 그 통제에서 예외죠.

다들 멋진 삶을 누리고 있는 걸까요? 차기 기억보유자로서 유일하게 '규칙으로부터 예외'인 권한을 얻게 된 조너스의 선택은?

《기억전달자》에서 조너스는 만 12세입니다. 여러분이 바로 조너스인 셈이죠. 획일적인 삶과 선택하는 힘…. 여러분은 쉽지 않은 상황에 놓이게 됩니다.

감각을 잃어버린 사회

기억보유자로 지정된 조너스는 본격적으로 원래의 기억보유자였던 노인, 이제는 조너스에게 그 기억을 전달하는 기억전달자인 노인에게서 훈련을 받게 됩니다.

> "선생님, 왜 우리 마을에는 눈이랑 썰매랑 언덕이 없죠?" (…) "날씨를 통제한 거지. 눈이 내리면 식량들이 잘 자라지 않거든. (…)

그리고 예측할 수 없는 날씨 때문에 어떤 날에는 교통이 거의 마비 상태에 빠지기도 했단다. 그건 전혀 실용적이지 않았지. 우리가 '늘 같음 상태'에 들어가자 눈은 쓸모없는 게 됐지. (…) 언덕도 마찬가지란다. 언덕으로는 트럭이나 버스로 사람이나 물건을 실어 나르는 게 불편했지. 언덕에서는 속도가 떨어졌거든." (…) "햇볕이군요. (…) 그리고 햇볕은 하늘에서 왔어요." "맞다. 본래 그런 식이었지." 조너스는 빠르게 덧붙였다. "늘 같음 상태 이전에 말이죠? 날씨 통제 이전에요."

조너스의 마을은 과학기술이 엄청나게 발달한 미래 사회입니다. 날씨도 통제하고 언덕도 없애버린 시대가 된 거죠. 그래서 지금 이 마을 사람들에겐 눈이나 햇볕, 썰매 같은 것에 대한 기억이 없습니다. 그 정도에 그치지 않습니다.

놀이 도중에 조너스는 날아오는 사과를 눈으로 좇다가 갑자기 그 일부가 변한 걸 알아챘다. 눈 깜짝할 사이에 사과가 공중에서 바뀌었다고 생각했다. (…) 그런 일이 네 번이나 일어났다.

다른 사람에게는 보이지 않는 게 조너스에게 보이기 시작합니다. 이것이 바로 조너스가 차세대 기억보유자로 지정된 이유이기도 합니다. 획일적인 이 마을의 다른 사람들은 색깔이라는 기억을 모두 잊고 사는 세대입니다. 잃어버린 기억은 색깔만이 아님니다. 차가움, 따뜻함, 아픔과 같은 촉각도 마찬가지입니다. 물론 통증 같은 기억을 잃어버린 건 이 마을 사람들에겐 평화로움의 한 원인이 되기도 하지만요.

《기억전달자》는 다소 복잡한 내용을 다루고 있습니다. 이 중에서 조너스가 사는 마을은 감각 일부를 잃고 사는 사회라는 점에 주목해봤습니다. 왜 갑자기 조너스에게만 사과의 붉은색이 보였는지 등에 대한 설명은 나와 있지 않아요. 아주 치밀하지 않아 구성에 약점이 있다고 볼 수도 있지만, 반대로 많은 상상을 허락하는 '열린 구성'이라고도 말할 수 있습니다.

감각을 잃은 사회란 어떤 의미일까요? 《기억전달자》를 이렇게 읽어내면 다음과 같은 글쓰기로 연결할 수 있어요. 앞으로 소개할 다른 작품도 이렇게 독특한 시선에서 읽고, 그것을 글쓰기로 연결하는 식으로 논의해보기로 합니다.

 상상력을 최대한 활용해보세요

나는 어릴 때부터 이런 재미있는 상상을 해본 적이 있어요. 나는 앞을 보고 있습니다. 사물과 세상이 보이죠. 그것은 분명 내게 '존재'로 느껴집니다. 그러나 내 시야를 벗어난, 즉 뒤통수 쪽엔 아무것도 없는 건 아닐까? 내가 고개를 돌려 뒤쪽을 보면 그 시각의 움직임대로 빠르게 '비주얼'이 생겨나는 장치가 있는 건 아닐까?

　　　　　　　　　2부　현대 문학 작품으로 읽고 쓰기

그렇지 않다는 증거도 없잖아요?

나는 내 뒤에 소파가 있다는 걸 압니다. 그러나 그건 내가 그쪽을 봤을 때 소파가 보였다는 과거의 기억에 의존한 것이지, 지금 보이는 것은 아닙니다. 그러니 지금 소파가 없다고 한들 반대쪽을 보고 있는 나는 알 수가 없겠죠. 이런 상상력은 글의 좋은 소재가 됩니다. 감각이 통제되는 세상은 어떤 세상일까?

여러분 앞에는 책이 있습니다. 이 책은 분명 존재합니다. 그렇죠? 그런데 생각해봅시다. 여러분이 이 책의 존재를 확신하는 이유는 뭘까요? 그것은 감각(지각)에 의한 것입니다. 여러분은 책을 눈으로 보고 있어요. 그리고 손으로 만지고 있지요. 책장을 넘기는 소리도 들리죠? 혀끝을 대보면 종이 맛이 느껴질 겁니다. 종이 냄새도 맡을 수 있죠. 이런 감각이 어떤 사물의 존재를 인식하게 해주는 창 역할을 합니다. 우리가 사는 세상은 이런 사물로 채워져 있습니다. 즉 우리가 세계를 인식하는 방법은 감각입니다.

사람의 감각은 뇌를 통해 인지됩니다. 눈으로 보는 것, 귀로 듣는 것을 받아들이고 '아, 이것은 이런 모양이구나', '아, 이것은 이런 소리구나'라는 판단을 내리는 부분이 뇌에 정해져 있습니다. 여기에 특수 장치를 달아 감각을 통제한다면? 사람은 어떤 사물이 없는데도 그것이 있다고 인식할 수도 있습니다. 즉 감각의 일부를 잃어버린 사회는 존재의 일부가 의심되는 사회라는 생각을 해볼 수 있겠죠. 이런 부분을 글로 연결할 수 있어요. 기발한 상상은 좋은 글쓰기의 기초 역할을 합니다.

색깔을 잃어버린 사회는 흑백사회일 것이다. 촉각의 기억, 엄마가 해주는 저녁밥의 냄새 등을 잃어버린 사람들. '반쪽짜리 감각을 지닌 인류'가 된 것이나 다름없다.

조너스가 사는 사회는 완전히 존재한다고 할 수 있을까? 조너스는 실제로 그 마을에서 살고 있긴 한 걸까? 조너스의 마을은 실제로 존재할까?

조너스나 다른 사람들의 감각을 통제하거나 왜곡하는 장치가 있는 건 아닐까? 아니면, 어딘가에 사람들의 뇌만 잔뜩 있고, 거기에 특수 장치만 꽂혀 있는 건 아닐까?

상상은 현실과 맞닿곤 합니다. 인간이 상상하는 것은 대부분 현실화하죠. 그것이 필요하다고 느끼기 때문입니다. 실제 감각 통제 장치는 상업화하고 있어요. VR라 불리는 가상현실virtual reality 기술이 그것이죠. 여러분 중 이걸 경험해본 사람도 있을 겁니다. 특수 안경 같은 장치를 활용하면 실제론 평지를 걷고 있는데도 아찔한 절벽 위의 다리를 걷고 있는 것 같은 가상의 현실 속으로 빠져들 수 있죠. 그때 절벽의 존재를 인식하게 됩니다. 뇌를 직접 통제하는 건 아니지만, 시각 정보를 왜곡해 세계의 존재 자체를 바꿔버릴 수 있다는 뜻입니다. 나중엔 뇌에 바로 특수 장치를 연결할 수도 있겠지요.

지금 우리가 사는 사회에서 사람들의 감각을 간접적으로만 통제해도 특정한 세상을 만들어낼 수 있습니다. 보이는 것, 들리는 것 등을 통제해 일관된 메시지를 주면 여러분의 판단도 그에 따라 좌우되겠죠. 이런 상상을 현실적 가능성이나 우려와 연결해볼까요.

 이렇게 써보면 어떨까?

뇌에 특수 장치를 꽂는 데까지 기술이 발달하진 않았지만 우리의 감각을 통제하려는 사람은 늘 있을 것이다. 보이는 것, 들리는 것을 통제해 우리가 느끼는 세상의 존재 방식과 모습을 뒤바꿔 인식하도록 만들 수 있기 때문이다. 이를 활용하면 대중의 인식을 좌우할 수 있게 된다. 예를 들어 미디어가 보여주거나 들려주는 얘기 뒤에 어떤 의도가 숨어 있을 수도 있다. 두 눈을 부릅뜨고 세상을 제대로 바라보려 노력해야 할 것이다.

 한 뼘 더 '규칙'으로 읽고 쓰기

조너스의 마을에서는 획일적인 삶을 살아야 합니다. 그것이 규칙이고, 이를 어기면 사형에 처해질 수도 있습니다. 과학기술이 발전한 것? 좋게 보일 수 있어요. 그런데 그걸 활용해 이런 획일화의 규칙을 누가, 왜 만들었는지는 생각해볼 필요가 있습니다.

"왜 색깔들이 사라졌나요?" 기억전달자가 어깨를 한 차례 으쓱해 보였다. "우리들이 그쪽을 선택했어. '늘 같음 상태'로 가는 길을 택했지. 내가 있기도 전에, 이 시대보다도 전에, 옛날 아주 오랜 옛날에 말이야. 우리가 햇볕을 포기하고 차이를 없앴을 때 색깔 역시 사라져버렸지. (…) 그럼으로써 우리는 많은 것을 통제할 수 있었지."

도무지 언제 만들어졌는지도 모를 규칙. 그리고 사람들은 원하든 원하지 않든, 아니 자신이 그걸 원하는지 생각해볼 여지가 있다는 점도 모른 채 그 규칙을 따라야 하죠.

사실 나는 20대에 이런 생각을 해본 적이 있습니다. 군 입대를 앞두고 말이죠. "나는 동의한 적이 없는데, 왜 내가 군대에서 2년 2개월 동안 갇혀 살아야 하지? 그건 누가, 왜 결정한 거지? 군대 유지가 필요하다고? 그렇게 주장하는 사람들이 이 순간 군 복무를 하는 게 맞지 않나?"

결과만 놓고 보면, 나는 평범하게 입대해 육군 병장으로 만기 전역했습니다. 그러나 이 의문은 상당히 의미가 있는 것이라고 봅니다. 특히 국방(군 입대)이나 납세 등 사람들이 싫어하는 '의무'는 누가, 왜 만들었는지 궁금하지 않나요?

우리는 헌법과 법률 그리고 그에 부합하는 각종 규칙을 따라야 합니다. 이런 나라를 '법치국가'라고 합니다. 공통의 규칙이 없으면 원시적인 무법천지가 되겠죠? 일정한 규칙은 필요합니다. 그게 '법'입니다. 법률에 따른 통제 체제를 갖춘 건 최근부터입니다. 그전에는 한 사람, 특히 왕이 말하는 게 규칙이 되는 시절도 있었으니 더 불공평했겠죠.

현대국가에서 법은 국회에서 만듭니다. 국회의원은 선거에서 시민들이 투표로 선출합니다. 모든 사람이 모여 의사결정을 할 수는 없으니까요. 특정한 절차를 거쳐 우리의 대표를 뽑고, 그들이 법을 만듭니다. 그리고 우리가 그걸 지키며 사는 거죠. 모든 원칙은 '다수결'입니다. 가장 많은 표를 받은 사람이 대표(국회의원)가 되고, 그들이 만든 법 중 가장 많은 표를 얻으면 따라야 하는 법이 되는 거죠.

법치국가에 대한 자신의 견해를 글감으로 삼아도 좋습니다. 우리가 살고 있는 세상에 관한 얘기니까요. 규칙을 바꾸는 방법, 투표의 중요성을 얘기하면 훌륭한 글이 나올 수 있습니다. 더 나아가 '다수결의 함정'에 대해서도 생각해볼 만합니다. 여기, 열 명이 있습니다. 투표를 통해 한 명을 영원히, 365일 연속 불침번으로 만들 수도 있어요. 나머지 아홉 명이 압도적으로 찬성하면 말입니다. 나는 이걸 '불침번의 함정'이라고 부릅니다.

 이렇게 써보면 어떨까?

> 어떤 법안을 두고 시민들의 의견이 55퍼센트와 45퍼센트로 갈리면, 55퍼센트의 의견만 반영되는 게 법이다. 나머지 45퍼센트는 싫어도 따라야 한

감각과 존재 그리고 상상력

다. 조금이라도 다수의 위치를 차지하면 모든 규칙을 좌우할 수 있는 부작용이 발생한다. 특히 절대다수와 소수자의 역학은 더욱 그렇다. 많은 사람이 수가 적은 사람들을 괴롭게 만드는 규칙을 만들 수 있을 것이다.

법이 만능은 아니다. 그래서 법치국가에는 표면적인 법보다 더 중요한 게 있다. "인류나 사회의 보편적인 가치에 부합하는가, 그에 따른 합리적인 법 적용이 이뤄지는가."

02 옳고 그름의 이분법을 넘어, 객관적 글쓰기 ──────
《남한산성》

김훈 작가의 《남한산성》은 중국 명나라의 쇠퇴와 청나라의 발호에 즈음해 벌어진 '병자호란'의 비극을 소재로 삼고 있습니다. 급작스러운 청의 공격에 조선의 왕과 조정은 남한산성으로 급히 피하지만, 포위된 성은 이미 물샐 틈이 없습니다. 식량도, 보급도 끊어진 상태에서 말라 죽어가는 성안의 조선 수뇌부. 그들 사이에서 격론이 벌어집니다. 청과 과감히 맞서 싸우자는 이른바 주전파와, 화친으로 살길을 열어 훗날을 도모하자는 주화파의 논쟁이죠. 틱톡틱톡, 시간은 조선의 편이 아닙니다.

　역사 속 병자호란의 결말은 우리로선 치욕적이었습니다. 백기 투항을 하고 말았죠. 나라의 힘이 얼마나 중요한지 역사는 말해줍니다. 그 역사를 《남한산성》이 소설의 형태로 실감 나게 전달해줍니다.

　《남한산성》의 작가는 기자로 오래 일한 소설가 김훈입니다. 그는 탁월한 문장가입니다. 짧으면서도 묵직한, 독특한 문체는 발군이지요. 내 아이도 이 책을 읽고 첫 소감으로 "다른 책과는 다른, 특이한 문체가 눈에 띄고 재미있었다"라고 하더군요. 나는 김훈의 소설을 여러 편 읽었는데, 《남한산성》을 그 '절정'이라고 생각합니다. 《남한산성》은 영화로도 만들어져 최근에 봤는데, 김훈의 문장이 워낙 탁월해서인지 대사 대부분이 소설에 나오는 그대로일 정도입니다. 이런 문장력으로 끌어가는 《남한산성》만의 박진감이랄까, 장중함을 감상하는 것도 이 책의 또 다른 감상 포인트가 될 것입니다.

 옳고 그름은 무엇인가

《남한산성》은 포위된 조정의 논쟁을 아주 적나라하게 그립니다. 두 편으로 나뉘어 말의 향연을 벌이지요.

> 전하, 죽음은 견딜 수 없고 치욕은 견딜 수 있는 것이옵니다. 그러므로 치욕은 죽음보다 가벼운 것이옵니다. (…) 전하, 부디 더 큰 것들도 견디어주소서.

남한산성을 포위한 청의 대군을 의식해 화친을 주장하는 최명길의 말입니다. 남한산성에 갇혀 청군과 대치하는 와중에도 일종의 새해 선물인 '세찬'을 보냈으나 청군이 '너희나 먹으라'며 돌려보내 임금이 모욕감과 좌절감에 흐느끼고 있을 때지요. 반대로 김상헌은 말합니다.

전하, 적들이 비록 세찬을 내쳤으나 전하께서는 곤궁 속에서도 선린의 법도를 보이셨으니, 전하께서 이기신 것이옵니다. (…) 적이 세찬을 돌려보내 우리를 시험하니, 지금 크게 한 번 치지 않으면 적이 우리를 업신여겨 화친의 길조차 영영 끊어질 것이옵니다.

성 밖으로 출격한 조선 군사들은 참패합니다. 이렇게 포위된 상태로 성안의 조정과 군사, 백성들은 지쳐갑니다. 먹을 것은 떨어지고 한겨울 동상 환자가 속출합니다. 그런데도 결정하지 못하죠. 질 가능성이 큰 전쟁이냐, 명분을 잃는 굴욕적 화친이냐…. 조선은 명과 입장을 같이하고 있었죠. 그래서 명은 선비의 나라로, 청은 오랑캐로 보았습니다. 갑론을박하는 사이, 마침내 청의 황제(칸)가 남한산성에 도착합니다. 성안에서 다시 논쟁이 벌어집니다.

김상헌: 전하, 명길은 전하를 앞세우고 적의 아가리 속으로 들어가려는 자이옵니다. 죽음에도 아름다운 자리가 있을진대, 하필 적의 아가리 속이겠나이까?
최명길: 전하, 살기 위해서는 가지 못할 길이 없고, 적의 아가리 속

에서도 삶의 길은 있을 것이옵니다. 적이 성을 깨뜨리기 전에 성단을 내려주소서.

여러분이라면 어떤 선택을 하겠습니까? 어렵지요. 명분을 지키며 죽음을 각오하고 끝까지 싸우느냐, 굴욕적이지만 항복하고 후일을 기약하느냐…. 어느 쪽이 옳다고 단정하기는 어렵습니다. 사실 사람마다 스타일이 다르죠.

칸이 남한산성 바깥에 도착해 성안으로 문서를 보내왔습니다.

너(조선 임금)는 스스로 죽기를 원하느냐. 지금처럼 돌구멍 속에 처박혀 있어라. 너는 싸우기를 원하느냐. 내가 너의 돌담을 타 넘어 들어가 하늘이 내리는 승부를 알려주마. (…) 너는 살기를 원하느냐. 성문을 열고 조심스레 걸어서 내 앞으로 나오라.

최후통첩을 받은 당신, 여러분은 어느 한쪽을 선택해야 합니다. 그러면 다른 한쪽은 어떻게 처리해야 할까요? 옳고 그름에 대한 판단, 한쪽을 선택하는 일, 버려진 '그름'은 왜 틀린 것인지 《남한산성》은 묻고 있는 듯합니다.

어느 한쪽의 논리에 휩쓸려 글을 쓰면 편파적이라는 인상을 줍니다. 우리 정치권에서도 항상 논쟁을 벌이죠. 뭔가 무리한 논리를 펴는 느낌의 글은 어김없이 어느 한 정파를 일방적으로 지지하는 사람이 쓴 글인 경우가 많아요. 기자도 마찬가지입니다. 특히 언론사별로 '어느 편이냐'에 대한 고정관념이 있는 경우가 많습니다. 언론사로서는 신뢰감을 줄 수 있는 상황은 아니죠. 나 또한 특정 정파와 가깝다는 '인식'이 있는 신문사에서 일해서, 최대한 객관적으로 사건을 바라보고 글을 쓰려 노력했어요.

이런 면에서 《남한산성》에서 어떤 글쓰기 노하우를 얻을 수 있는지 살펴보도록 해요. 칸이 말한 '하늘이 내리는 승부', 즉 싸움의 결과는 누가 봐도 뻔하죠. 성을 포위한 청의 대군을 뚫을 길은 현실적으로 없습니다. 왕이 죽거나 그에 준하는 상황이 벌어지면 조선이라는 나라의 운명은 누구도 예측할 수 없는 형편이 될 수도 있겠죠. 실제 조정은 항복을 택했습니다. 명분과 원칙보다는 현실을 받아들였다고 볼 수 있습니다. 특히 국가를 이끄는 지도자의 입장에 서면, 예측하기조차 힘들 정도의 커다란 국가적 위험은 회피하려는 선택을 많이 합니다. 그런데 그 '위험 회피'는 지도자와 그 주변 세력의 기득권을 유지해주는 수단이 되기도 합니다.

현실론과 그 뒤에 숨어 있는 기득권의 문제. 양면을 함께 다루면 객관적이면서도 설득력 있는 글을 쓸 수 있겠죠.

조선의 항복은 불가피한 선택이었던 것 같다. 만약 왕과 조정이 모두 죽음을 각오하고 끝까지 싸웠다면 조선의 앞날은 예측하기 어려운 상태에 빠졌을 것이다. 아무리 잠시라 해도 조국을 잃은 상태라면 백성들이 더 많은 고초를 겪었을 가능성이 크다.

그러나 여기엔 조선 조정의 기득권 수호 의지 또한 엿보인다. 조선의 왕과 조정이 몰락했다면 새로운 지배 체제가 열릴 수도 있었다. 이것은 사회의 진보 가능성을 뜻한다. 어쩌면 주류 세력의 교체 기회를 맞이해 조선이 새로운 길을 걸었을 가능성을 배제할 수 없다.

이런 논리의 충돌과 선택의 문제는 사실 현재 우리 사회에서도 극복해야 할 과제입니다.

현실을 중시하는 관점을 보수주의라 합니다. 《남한산성》에서는 주화파인 현실론자 최명길이 보수 진영의 대표 인물이죠. 반면 올바른 방향의 원칙을 강조하는 쪽이 진보주의입니다. 《남한산성》에서는 원칙론자인 김상헌이 대표적 진보파입니다.

언뜻 보기엔 옛것, 즉 명나라를 추종하는 상헌이 보수, 새것인 청나라를 받아들이자는 명길이 진보인 것처럼 보이지만, 보수와 진보는 옛것과 새것으로 구분하는 게 아닙니다. 예컨대 첨단 빌

딩을 그만 짓고 옛날처럼 녹지를 넓히자는 건 보수가 아닙니다. 보수와 진보의 본질은 '현실'과 '가치·원칙' 중 어느 쪽에 무게를 두느냐의 문제로 요약됩니다.

한 사안에 대해 보수와 진보 양쪽의 의견이 다를 때가 많습니다. 예를 들어 원자력발전을 생각해볼까요? 가장 효율적이고 이를 대체할 전력원이 당장 없다는 현실론이 보수입니다. 반면 그대로 두면 후쿠시마처럼 큰 사고가 발생할 위험이 있을 뿐 아니라, 가동할수록 환경을 파괴하므로 원자력발전은 근본적으로 없어져야 한다는 원칙론이 진보입니다. 어느 한쪽이 옳다거나 그르다고 얘기할 수 있을까요? 그러나 현실에서는 상대방에게 '네가 틀렸다'고 얘기합니다. 원자력발전 찬성론자는 반대론자를 잡아 죽일 듯 비판하고, 반대론자는 찬성론자를 기득권을 지키려는 적폐로 몰아갑니다. 많은 일이 이렇습니다.

객관적인 시각으로 글을 쓰면 읽는 사람에게 오히려 날카롭게 느껴지는 경우가 많습니다.

 이렇게 써보면 어떨까?

> 현실에만 안주하면 우리는 한 걸음도 앞으로 나갈 수 없다. 또, 이상적 원칙론에만 치우치면 현실과 따로 노는 부작용이 나온다.
>
> 그래서 한 사회는 보수와 진보의 양 날개로 날아야 한다. 양측이 토론하다 보면 우리가 걸어야 할 가치 있는 방향과, 실질적으로 감안해야 할 현실이

옳고 그름의 이분법을 넘어, 객관적 글쓰기

> 절충돼 그 시대에 맞는 답이 도출될 수 있기 때문이다.
>
> 그러나 우리나라에선 양쪽이 서로를 향해 '악'이라고 규정하고 있다. 현실론과 원칙론 사이에서 길을 찾을 방법이 없다. 서로의 역할을 이해하고 존중할 때 우리 사회는 더 나은 방향으로 나아갈 수 있을 것이다.

여러분은 어느 한쪽이 옳거나 틀렸다는 식의 이분법이나 선입견을 가질 필요가 없습니다. 색안경을 벗고, 냉철한 머리와 따뜻한 가슴으로 어떤 문제를 판단하는 힘을 기르는 게 좋습니다. 이런 균형 잡힌 시각을 보여주는 것만으로도 충분합니다. 누구도 여러분에게 '너는 어느 편이냐'고 묻지 않아요.

저자인 김훈 또한 책 서문에서 이렇게 말합니다.

나는 아무 편도 아니다. 나는 다만 고통받는 자들의 편이다.

  ## 한 뼘 더 '작가'로 읽고 쓰기

《남한산성》은 '답서' 문제를 책 막판의 주요 내용으로 다룹니다.

칸이 여러 가지를 묻더구나. 나는 살고자 한다. 그것이 나의 뜻이다.

2부 현대 문학 작품으로 읽고 쓰기

임금이 이렇게 결론을 내리면서, 이제 화친의 답서를 보내는 건 기정사실이 됩니다. 답서라고는 하지만 사실은 '항복 문서'죠. 수위는 다를 수 있습니다. 건조하게 항복의 뜻을 내비치느냐, 아니면 비굴하게 굽히느냐….

그런데 누가 답서를 쓸지가 초미의 관심사입니다. 자칫 역사에 더러운 이름이 남을 수도 있기 때문입니다. 오랑캐에게 비굴한 항복 문서를 작성한 바로 그 사람이 될 수 있지요. 임금은 한밤중에 정5품 교리, 정5품 정랑, 정6품 수찬 셋과 주화파의 핵심인 최명길까지 총 네 사람을 부릅니다. 당하관 셋이 각각 답서를 짓고, 최명길은 이를 검토해서 마무리하고, 최명길 자신도 답서를 지어 올리라는 것입니다.

그러나 한 사람은 못 쓰겠다고 하여 곤장을 맞고, 한 사람은 심장마비로 돌연사합니다. 남은 한 사람인 정5품 정랑은 '간택되지 않을 글'을 짓습니다. 뜬금없이 천년 전 당(중국)이 고구려를 치러 왔을 때 안시성에서 물리친 사례를 거론하며, 청은 왜 그딴 식이냐는 내용이죠. 결국엔 최명길이 먹을 갑니다.

황제께서 친히 여러 강을 건너시어 이 궁벽한 산골로 내려오시니, 오셔서 소방의 죄를 물으시더라도 복되고 또 기뻐서 달려 나가 배알하려 하니 황제의 크신 노여움과 깊으신 근심이 또한 두려워서 소방은 차마 나아가지 못하고 돌담 안에서 머리를 조아릴 뿐이옵니다.

밤중에 임금이 승지를 불러서 이 문서에 국새를 찍었습니다. 누군가는 해야 할 일, 그러나 명예롭지 못하고 원칙에 어긋난다는 비판을 받을 수 있는 일. 여러분이라면 어떻게 하겠습니까? 참으로 어려운 문제가 아닐 수 없습니다.

최명길은 임금을 대신해 일명 '총대'를 멘 것이겠죠. 쓰고 싶어 그런 글을 쓴 건 아닐 겁니다. 여기서 임금을 대신한다는 것은 나라를 걱정한다는 뜻이지, 임금 개인을 위한다는 뜻은 아닐 겁니다. 이렇게 비굴한 일을 누군가 하는 일이 없도록 미리 대비하고 힘을 키우는 것, 그것이 우리 모두 해야 할 일일지도 모릅니다.

한 가지 흥미로운 사실이 있습니다. 과거 전두환 씨가 대통령이 됐을 때 신군부는 각 언론사에 전두환 청송 기사를 쓰라고 강요했습니다. 거절하면 언론사의 문을 닫게 만들겠다고 협박했죠. 당시 김훈 작가는 《한국일보》 기자였습니다. 그땐 신문 기사에 그 기사를 쓴 기자 이름이 들어가지 않던 시기였어요. 그런데도 아무도 나서지 않았다고 합니다. 어떤 언론인이 그런 오점을 남기는 글을 쓰고 싶겠습니까. 모두 망설이자, 김훈이 나서서 '내가 쓰겠다'고 했답니다. 1년 내내 '인간 전두환' 찬양 시리즈를 김훈이 썼다는 것입니다. 그 비사를 스스로 밝혔습니다. 누군가는 써야 했기 때문이라고 했습니다. 작가, 즉 김훈과 소설 속 주인공 최명길을 비교해보는 글도 생각해볼 만합니다.

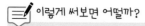 이렇게 써보면 어떨까?

김훈 작가는 스스로 "나는 아무 편도 아니다"라고 썼지만, 두 사람은 닮아 있다. 조선이 칸에게 보내는 답서 작성 장면과 묘하게 겹친다. 김훈은 어느 편도 아니라 했으나, 스스로는 적어도 과거엔 최명길의 길을 걸었다. '황제, 아니 각하의 천하에 소방이 깃들게 해주시옵소서. 길을 열어주시옵소서.' 명길의 길을 '인간 전두환' 기사로 김훈은 걸었다.

김훈은 스스로를 '실패한 기자'라 부른다. 만고의 역적으로 남을 수밖에 없었던, 그러나 그리할 수밖에 없었던 자신을, 그렇게 부르는 것 같다. 그렇다면 '살고자 하는 문서'를 써 조선을 살린 명길 또한 '실패한 신하'일 것이다.

03 '가면 사회'와 일상

옳음과 친절 가운데 하나를 선택해야 한다면, 친절을 택하라.

-《원더》에서 교사가 소개한 금언

세계적인 베스트셀러이자 영화 〈원더〉의 원작 소설인 《원더》는 선천적 안면 기형을 가진 5학년 소년 어거스트가 처음으로 학교에 다니게 되면서 겪는 일을 다루고 있습니다. 친구들은 어거스트를 제대로 쳐다보지 못하고 감염병자인 양 피해 다니기도 하죠. 그러나 어떤 친구(서머)는 어거스트를 있는 그대로 봐주고, 어떤 친구(잭)는 처음엔 교사의 부탁으로 어쩔 수 없이 어거스트와 어울려주지만 나중엔 그의 매력에 끌려 일명 '베프'가 됩니다. 때론 즐거웠지만 많은 시간 동안 상처 입고 외로웠던, 그러나 그 모든 걸 극복하고 학교라는 처음 접한 사회의 사랑을 느끼며 학교가 주는 최고상까지 거머쥐는 어거스트의 성장을 감동적으로 그린 작품입니다.

어거스트와 서머, 잭 그리고 누나인 비아, 누나의 남자친구인 저스틴, 누나 친구 미란다. 책은 이 여섯 중고생(어거스트는 한국식으로는 5학년이지만 미국 뉴욕에서는 중학교 1학년입니다) 각각의 시선에서 바라보는 독특한 전개 방식을 갖고 있어요. 같은 시간에 벌어진 같은 사건에 대해 각자의 느낌과 속사정을 설명해주는데, 책의 감동을 증폭해주는 뛰어난 장치 역할을 합니다. 주인공과 주변 인물의 나이도 여러분 또래여서 더 친숙하게 읽을 수 있습니다.

 당신은 그 모습인가, 진짜 얼굴은 어디에?

《원더》가 전개하는 이야기의 핵심은 단연 어거스트의 얼굴입니다.

> 어거스트의 눈은 원래 있어야 할 자리보다 2.5센티미터가량 밑으로 처져서 거의 볼 중간쯤에 내려와 있다. (…) 어거스트는 눈썹이나 속눈썹이 없다. (…) 머리는 원래 귀가 있어야 할 부분이 안으로 집혀서, 펜치로 얼굴의 중간 부분을 찌그러뜨려놓은 것 같다. 어거스트는 광대뼈도 없다. 코에서 입을 따라 양쪽으로 주름이 깊게 패어 있어서 밀랍 같은 느낌을 준다. (…) 위턱이 심하게 앞으

로 튀어나와서 앞니가 돌출되어 있고, 턱뼈는 굉장히 작다.

이마저도 어거스트가 엉덩이뼈 일부를 아래턱에 이식하는 등 크고 작은 수술 수십 번을 받은 뒤의 모습입니다. 어린 어거스트는 자신의 얼굴을 내놓는 게 싫습니다. 어거스트에게 유일하게 즐거운 날은 1년 중 딱 하루, 핼러윈 날입니다. 이날은 모두 가면을 쓰고 다니기에, 자신도 가면을 쓰고 다니면 아무도 자신을 이상하게 쳐다보지 않기 때문이죠. 어거스트는 누나 친구 미란다로부터 우주비행사 헬멧을 선물받습니다. 한때는 그걸 2년 가까이 쓰고 다닙니다. 자신의 얼굴을 감춘 거예요. 그 헬멧을 잃어버려 어거스트는 매우 슬퍼했죠.

그런데 어거스트만 그렇게 하는 걸까요? 많은 사람이 자신을 원래 모습과 다르게 감추고 가리려 합니다. 당장 《원더》에서도 자신을 자신답지 않게 꾸미려 했던 또 다른 인물이 등장하죠. 어거스트에게 헬멧을 선물한 미란다 자신입니다. 미란다는 고등학교에 진학하면서 새 친구들에게 인기를 얻기 위해 머리 모양도 바꾸고, 화장도 바꾸고, 티셔츠를 튜브톱으로 바꾸기도 합니다.

비아: 정말이지 난 엄청난 충격을 받았다. 미란다는 달라도 너무 달라져 있었다. 머리를 아주 귀여운 단발로 자르고 연분홍색으로 물들인데다 줄무늬 튜브톱 차림이었는데 (…) 그런 차림은 평소 미란다의 스타일과 거리가 멀었다.

66

나는 어떨까? 그리고 이 책을 읽는 여러분은? 원래의 모습을 감추고 어떤 '가면'을 쓰려고 한 적은 없나요? 또는 지금도 그렇게 하고 있지 않나요? 《원더》가 던지는 질문입니다.

《원더》에서 어거스트는 자기 자신을 보여줌으로써, 또 그 진실함으로 사람들에게 사랑과 인정을 받게 됩니다. 그리고 어거스트는 1년간 특정 분야에서 주목할 만하거나 모범적인 성과를 보인 우등생에게 수여하는 최고상인 '헨리 워드 비처 메달'을 받습니다.

> **교장선생님**: '자신만의 매력으로, 그의 힘으로 모두의 마음을 감동시키는 자가 가장 위대한 사람이다.' (…) 올해 그만의 조용한 힘으로 모두의 마음을 감동시킨 그 학생에게 헨리 워드 비처 메달을 수여하게 된 것을 매우 자랑스럽게 생각합니다. 자, 수상을 위해 앞으로 나와주시기 바랍니다. 어거스트 풀먼!

박수가 쏟아지죠. 어거스트는 생각합니다.

> 나는 그냥 나일 뿐이다. 평범한 나. 그저 내가 된다는 이유로 나에게 메달을 주고 싶다면, 좋다. 기꺼이 메달을 받겠다. 〈스타워즈〉에서처럼 죽음의 별을 파괴한다거나 하는 대단한 일을 해내진 못했지만 나는 5학년을 성공리에 끝마쳤다. 내가 아니라 해도, 그건 쉽지 않은 일이다.

일상에서 눈길을 끄는 것들을 잘 관찰하는 건 글쓰기에 큰 도움이 됩니다. 나는《원더》를 보면서 나 자신의 모습을 많이 떠올렸어요. 특히 SNS에 열중하던 때가 떠올랐죠.

SNS를 보세요. 그곳은 행복만 넘쳐나는 세상입니다. 아무도 자신의 어두운 면을 SNS에 올리지 않습니다. 드물게 올린다 해도, 남들에게 관심을 받을 수 있는 내용인 정도가 대부분이죠. 가장 아름다운 내 모습, '얼짱' 각도의 사진, 보기도 좋고 맛도 좋을 것 같은 음식, 가장 행복했던 순간을 보여주는 풍경이나 경험담…. SNS만 보면 이 세상은 유토피아입니다. 이게 진짜, 정말 현실일까요? 그렇지 않을 겁니다.

《원더》에 등장하는 어거스트의 가면이나 미란다의 꾸밈은 여러분의 일상인 SNS 세계와 곧바로 연결됩니다. 이런 식으로 소재를 찾으면 글쓰기는 한결 편안해집니다. 결과물도 좋습니다.

📝 이렇게 써보면 어떨까?

> 사람은 누구나 자신만의 상처와 아픔, 고통, 그런 시간과 장소를 경험하곤
>
> 한다. 그러나 요즘 우리는 그걸 되도록 숨기려 한다. 멋있는 모습만 골라 자
>
> 신의 전부인 것처럼 내세우곤 한다.
>
> 우리 사회는 '가면 사회'와도 같다. 늘 가장무도회가 벌어지는 사회다. 늘 웃

는 모습의 가면을 쓴 것처럼, 남들 앞에선 불행도, 눈물도, 고통도 없다. 늘 행복만 그려진 가면을 쓰고 산다. 이런 '가면 본능'이 가장 적나라하게 드러나는 공간이 SNS다.

때론 가면이 내 약점을 가려줄 것이다. 그 과정이 즐거울 수도 있다. 그러나 그 가면은 내 진짜 모습을 완전히 바꾸지는 못한다. 있는 그대로 진솔한 모습을 보여주고 그 자체로 소통하고 사랑을 주고받는 게 더 중요한 것 아닐까.

사실 잃어버린 줄 알았던 헬멧은 어거스트의 아빠가 버려버린 거였어요. 그 이유를 들어볼까요?

아빠는 네 얼굴이 그리웠어, 어기. (…) 아빠는 네 얼굴이 좋아. 아빠는 지금 네 얼굴을 정말 사랑해, 어기. 온전히, 열렬히. 그래서 네가 그렇게 얼굴을 가리고 다니는 게 아빠는 마음이 아팠어.

자신의 모습 그대로 인정받은 어거스트의 성장과 가족의 따뜻한 사랑은 《원더》가 주는 감동의 핵심이죠. 그래서 누나(비아)의 친구인 저스틴과 미란다는 비아네 가족이 행복하다고 생각합니다. 이들 가족을 부러워합니다.

그렇다고 어거스트의 가족이 늘 행복하지만은 않을 겁니다. 여러분도 이런 경험을 가끔 할 거예요. 우리 집보다는 친구네 집이 더 행복할 거라고 생각하는 것 말이죠. 나의 좋지 않은 면, 남의 좋은 면이 눈에 더 잘 들어오기 마련입니다. 그런 일상도 또 다른 글쓰기의 소재가 될 수 있습니다.

 '조연'으로 읽고 쓰기

《원더》에서 어거스트만큼이나 눈길을 끄는 인물이 또 있죠.

> 어거스트는 태양이다. 엄마와 아빠 그리고 나는 태양의 궤도를 도는 행성이다.

《원더》 2부는 누나인 비아의 시선으로 그립니다. 동생 어거스트는 특별하며, 특별한 도움이 필요한 아이입니다. 또 수술을 계속 받아야 했고, 늘 아팠죠. 비아는 뭘 자랑하고 싶어도 열에 아홉은 포기해야 합니다. 엄마, 아빠의 관심과 사랑은 늘 어거스트에게만 향했어요.

> 언젠가 목이 말라서 한밤중에 잠에서 깼는데, 어기의 방 밖에 엄마가 서 있는 게 보였다. 손은 문고리에 대고, 이마는 살짝 열린 문에 기댄 채였다. 들어가려는 것도 나오려는 것도 아니었다. 그냥 잠든 어기의 숨소리를 듣는 양 문밖에 가만히 서 있었다. (…) 엄

마는 얼마나 많은 밤을 그렇게 서 있었을까. 문득 궁금해진다. 과연 내 방 앞에서도 엄마가 그렇게 서 있었던 적이 있었을까.

어거스트는 '약자'를 상징한다고 볼 수 있습니다. 반대로 정상으로 태어난, 예쁜 누나 비아는 상대적으로 '강자'로 표현할 수 있겠죠. 부모의 보살핌은 대부분 약자를 향해 있습니다. 물론 어거스트 같은 약자는 보호받아야 마땅하지요. 그리고 엄마, 아빠의 애틋한 관심은 어거스트 같은 아이에게 쏠릴 수밖에 없습니다. 그러나 그 뒤에 서 있는 누나 비아에겐 그만큼 슬픔의 그림자가 드리워졌는지도 모릅니다.

우리는 상식적으로 생각합니다. 약자를 도와야 하고, 강자는 희생하고 양보해야 한다고 말이죠. 그러나 비아를 보면 알 수 있죠. 강자에게도 강자만의 아픔이 있다는 걸 말입니다. 사실 강해 보이는 사람, 뭔가를 더 갖고 있는 사람도 실제로는 그렇지 않을 때가 많습니다. 평범한 사람인 경우도 많지요.

'희생과 양보'는 강요할 수 있는 성질의 것일까요? 물론 누나인 비아는 어거스트라는 태양을 도는 행성임을 스스로 받아들입니다. 그것은 자발적인 것으로 묘사된 듯합니다. 그러나 어쩌면 강요된 희생과 양보일 수 있다는 생각도 드네요. 비아에겐 선택의 여지가 없었으니까요.

우리 사회에서도 마찬가지입니다. 사회를 이루는 시스템과 이를 대표하는 정부와 국가는 약자를 돌보는 데 힘써야 합니다. 그렇다고 강자에게 희생과 양보, 그것도 선택권이 없는 비자발적 희생과 양보를 강요해서는 안 될 일입니다.

 이렇게 써보면 어떨까?

비아가 "나도 좀 사랑해줘"라고 한다고 해서 "비아, 넌 양심도 없니? 가진 것도 많으면서. 넌 큰 벌을 받아야겠구나"라고 부모가 답한다면? 또는 비아의 얼굴을 때리거나 훼손하려 한다면? 그리하여 비아를 똑같은 약자로만 들어 자녀를 평등하게 만들려 한다면? 그건 정당한 행동이 아니다. 오히려 희생하고 양보하는 사람에게 감사와 존경을 표해야 옳다.

세상의 많은 어거스트가 기립박수를 받아야 하겠지만, 세상의 많은 비아 또한 기립박수까지는 아니더라도 조용한 박수라도 받아야 하지 않을까. 그들에게도 소외가 아닌 사랑과 보살핌이 필요하므로. 그들 또한 우리 사회의 구성원이므로.

비아에겐 외할머니가 돌아가신 날이 가장 슬픈 날입니다.

할머니는 나에게 한 가지 비밀을 털어놓았다. 나를 이 세상 그 누구보다 사랑한다는. 나는 이렇게 물었다. "어거스트보다 더요?" 할머니는 빙그레 웃고는 뭐라고 말할까 곰곰이 생각하는 듯이 내 머리를 부드럽게 쓰다듬어주었다. "할머니는 어기를 아주, 아주 많이 사랑한단다. 하지만 어기한테는 이미 지켜주는 천사들이 많잖니. 그러니까 내가 널 지켜주고 있다는 사실을 꼭 알아주었으면 좋겠구나, 알겠지? (…) 넌 나의 모든 것이란다."

04 나치 독일과 일제강점기, 공통점과 차이점 ———

"아티, 그런데 너 왜 우는 거니?"

"제가 넘어졌는데요. 친구들이 절 두고 가버리잖아요."

아버진 톱질을 멈추셨다.

"친구? 네 친구들? 그 애들을 방 안에다 먹을 것도 없이 일주일만 가둬놓으면…. 그땐 친구란 게 뭔지 알게 될 거다."

시작부터 다소 충격적인 '아빠와 아들'의 대화로 시작하는 아트 슈피겔만의 만화《쥐》는 1992년 퓰리처상 수상작입니다. 주인공인 블라덱의 생생한 체험을 통해 제2차 세계대전 때 나치 독일의 유대인 박해와 학살을 다루고 있습니다.

《쥐》에는 사람이 나오지 않아요. 유대인은 쥐로, 독일인은 고양이로 등장해요. 유대인인 작가 아트 슈피겔만 스스로 아버지인 블라덱에게서 제2차 세계대전 때의 얘기를 들으며 그 당시로 돌아가 보는 형태로 이야기를 진행합니다.

주인공인 청년 블라덱 슈피겔만은 유복한 가정 출신입니다. 그는 아냐와 결혼해 행복한 생활을 누리고 있었어요. 첫아이 리슈(대학살 때 결국 죽음을 맞이하지요)도 낳고, 모두가 꿈꾸는 그런 가정을 꾸리면서 살고 있었습니다. 그런데 유럽에 전운이 감돌면서 이상한 조짐이 번지기 시작합니다. 나치 깃발이 곳곳에 붙기 시작하더니 유대인이 본격적으로 억압받기 시작하고, 독일이 유럽을 점령하면서 결국 유대인은 잡혀가거나 숨어 살게 됩니다. 블라덱 일가는 유대인 수용 지역인 '게토'에 들어갑니다. 그것도 잠시, 블라덱 등은 마침내 그 유명한 아우슈비츠 수용소로 가고 맙니다.

'굶주리면 친구가 뭔지 알게 될 것'이라는 말은 책을 읽는 내내 메아리치고 있습니다. 강자가 약자에게 어떤 끔찍한 만행을 저지를 수 있는지, 약자는 강자 앞에서 어디까지 비굴해질 수 있는지, 죽음 앞에 놓인 인간이 얼마나 이기적일 수 있는지, 또 소중한 목숨을 지키기 위해 어떤 필사의 노력이 이뤄지는지, 가족을 위해 사람이 어디까지 헌신적일 수 있는지, 《쥐》는 실화를 바탕으로 아주 적나라하게 묘사합니다.

 유대인에게서 조선인을 보다

《쥐》(1·2)의 각 권에는 간단한 문장이 소개돼 있습니다.

유대인들은 하나의 인종인 것은 틀림없으나 인간은 아니다.
- 아돌프 히틀러

미키 마우스는 지금까지 세상에 나온 것들 중에서 가장 저열한 모
델이다. (…) 세계 최대의 보균자인 이 더럽고 오물로 뒤덮인 동물
이 동물의 이상형이 될 수 없음을 깨달을 것이다. (…) 인류에 대
한 유대인의 야만 행위를 타도하자! 미키 마우스를 타도하자! 철
십자를 가슴에 꽂아라!
- 〈포메라니아〉 신문 기사, 독일, 1930년대 중반

《쥐》에서 나치 독일은 고양이죠. 쥐를 그저 잡아먹는 정도가 아
니라, 가능한 한 잔혹하고 고통스럽게 괴롭히고 학살합니다. 그
들은 주로 폴란드인(돼지로 묘사돼 있어요)에게 몽둥이와 완장을 주
는데, 심지어 같은 쥐끼리도 완장을 채워줘 서로 괴롭히게 합니
다. 그 속에서 유대인은 깊은 슬픔을, 그것도 한두 번이 아니라 내
내 겪게 되죠. 특히 체력이 떨어지는 아냐는 아우슈비츠에서 늘
얻어맞았죠.

유대인은 이동할 때도 사람 취급을 받지 못합니다. 독일군은
유대인을 늘 기차에 가득 밀어 넣고 이동하게 했습니다. 겨우 서
있을 수만 있을 정도로 빼곡히 말이에요. 며칠을 그렇게 이동해
야 합니다. 일부 유대인은 쓰러져 죽습니다. 그러면 독일군은 기
차가 설 때마다 시체를 밖으로 던지라고 합니다. 사람이 사람에

게 '짐짝'이나 '동네북' 취급을 받은 거예요.

《쥐》를 보면 독일군은 유대인을 늘 '분류'합니다. 늙거나 병들거나 약한 사람은 '나쁜 쪽'으로 따로 분리해요. 건강한 사람들은 '좋은 쪽' 도장을 받습니다. 일을 시키기 위한 분류입니다. 건강한 사람만 추려내는 거죠.

> 다들 잘 차려입고들 왔단다. 사람들은 다 젊고 노동할 능력이 있는 것처럼 애를 썼는데 증명서에 좋은 도장을 받기 위해서였지. (…) 통과한 우린 너무 기뻤다. 그러나 곧 걱정이 됐어. 우리 가족은 무사할까? (…) 나중에 아버지를 본 누군가가 말해줬어. 아버지도 그 사촌을 통해 잘된 쪽으로 갔다고 말이야. 그리고 펠라가 등록하는데, 펠라를 왼쪽(나쁜 쪽)으로 분류한 거야. "펠라! 내 딸! 혼자서 네 아이를 어떻게 감당한단 말이냐?" 그래서 어쩌셨을 것 같니? 몰래 안 좋은 쪽으로 넘어가셨단 말이다. 나쁜 쪽에 섰던 사람들은 아무도 집에 돌아오지 않았어. (…) 내 아버지도…. 오늘은… 이걸로 충분하지, 아티?

《쥐》에서 우리는 일제강점기의 조선을 떠올립니다. 어쩌면 이렇게 비슷할까 싶을 정도죠. 일본은 우리 민족을 '조센징'이라고 부르며, 조선인은 스스로 국가를 유지할 수 없는 나쁜 기질을 가진 민족이라고 폄훼했습니다. '식민사관'이라 불리는 이런 이론은 도쿄 제국대학을 중심으로 정립됐는데, 우리 민족은 싸움과

당쟁을 일삼고 사회 변화에 능동적으로 대처할 수 없어 일본이 보호할 수밖에 없는, 즉 일본의 식민지가 될 수밖에 없는 존재라는 내용을 담고 있습니다.

나치 독일이 한 짓, 아니 그 이상으로 일본은 우리나라를 괴롭혔어요. 우리는 강제로 군대에 징집되고 겁탈당했으며, 죽고 빼앗겼죠. 생체 실험까지 당했어요. 그때 일본은 아시아의 고양이였고, 우리는 겁에 질린 쥐였습니다. 나치는 유럽을 몇 년 동안 괴롭혔지만, 일본은 무려 35년간이나 조선을 짓밟았지요. 일제의 시각은 이랬을 겁니다. '조센징은 하나의 인종인 것은 틀림없으나 인간은 아니다.'

 ## 차이점을 찾아보세요

나치 독일은 '악독한 고양이'였습니다. 단순히 제2차 세계대전 몇 년 동안의 문제였을까요? 전혀 그렇지 않아요.

블라덱과 아냐는 다행히 무사히 살아남아 미국에서 자리를 잡고 살게 됐어요. 그러나 그들의 삶은 완전히 바뀌었습니다.

"우우아아아아아!"

"저, 저게 무슨 소리죠?"

"아, 아무것도 아냐. 아버지셔. 꿈속에서 또 신음하시는 거야. 내가 어렸을 땐 어른들은 누구나 잠자면서 저런 소릴 내는 줄 알았지."

《쥐》의 저자인 아트가 아내의 질문에 답하는 장면입니다. 작가의 부모는 자면서 늘 신음과 비명을 냈습니다. 평생 그랬습니다. 그들은 대학살의 트라우마에서 벗어나지 못했어요. 그 트라우마는 그 시대를 살아남은 세대의 자살로 이어지기도 했고, 그 자식 세대로까지 이어져 아트 슈피겔만에게도 자괴감 같은 트라우마로 남게 됐죠.

아트는 《쥐》에서, 살아남지 못한 형 리슈에게 늘 주눅이 들어 있었다고 고백합니다. 사실 어린 리슈를 잃어버린 아버지와 어머니의 마음속엔 늘 리슈가 있지 않았겠어요? 아트는 그런 점에서 불행했어요. 그는 알지도 못하는 형 리슈에게 늘 죄책감을 느끼며 살아야 했죠.

그리고 블라덱과 아트가 등장하는 현재를 묘사한 장면은 늘 노인이 된 블라덱이 행하는 '기행'의 연속입니다. 예를 들어 블라덱은 집세에 가스요금이 포함돼 있다면서 성냥을 아끼려고 가스 불을 하루 종일 켜둡니다. 유대인이 아니고 대학살을 경험한 집안이 아닌, 프랑스인인 아트의 아내는 "당신 아버지하고 있으면 숨이 막힌다"라고 말하죠.

나치 독일은 이처럼 많은 사람에게 엄청난 상처를 남겼어요. 그 상처는 지금까지도 이어지고 있습니다. 독일이 패진하고 전쟁을 일으킨 사람 몇몇을 처벌한다고 끝날 문제인가, 절대 그렇지 않겠죠. 독일은 이 점을 잘 알고 있습니다. 독일은 전쟁 후에 유대인 학살에 대해 스스로 사죄했고, 독일 총리는 지금도 틈만 나면 유대인에게 사과하고 헌화하며, 나치의 철십자 문양은 완전한 금기이자 현실 사회에서 사실상 퇴출됐습니다. 희생된 이들과 살아남은 사람들의 모든 상처를 어루만지고 덧나지 않게 하려고 노력합니다.

그러나 일본은 독일과 다른 태도를 보입니다. 틈만 나면 역사를 왜곡하고 망언을 일삼고 있지요. 아직도 일본에게 괴롭힘을 받았던 당사자와 후손들이 심각한 후유증에 시달리고 있지만, 같은 패전국이라도 독일과 일본은 분명 다른 모습을 보입니다. 이 점을 떠올리면 우리가 안고 있는 문제의식을 보여주는 글쓰기를 할 수 있습니다.

 이렇게 써보면 어떨까?

우리는 일본을 용서할 준비가 돼 있다고 생각한다. 이웃 나라끼리 협력하고 힘을 모아 함께 발전하는 것보다 더 좋은 건 없을 것이다. 한국은 이미 눈부시게 발전했다. 한국전쟁 후 가난뱅이 나라에서 지금은 일본과 어깨를 나란히 할 정도로 급성장했다.

그러나 쥐를 괴롭혔던 고양이 독일이 나치의 만행을 반성하고 사과하는 것과 달리, 일본은 진정으로 자신의 잘못을 반성하는 것 같지 않다. 코로나19로 1년 미뤄져 올해 열릴 예정인 도쿄 올림픽에서도 제국 시절 사용하던 독일 베를린엔 직육면체의 돌조각들이 늘어선 유대인 추모 공원이 있습니다. '홀로코스트 메모리얼'이라고 불리는 이곳은 독일이 '반성의 공간'이라며 직접 만든 곳입니다. 내가 가본 곳 중 가장 엄숙함이 느껴진 장소예요. 9·11테러 희생자 추모를 위한 뉴욕 '그라운드 제로'의, 떨어지는 물의 처연함과는 또 다른 슬픔이 묻어 있었습니다.

다만 그라운드 제로와 달리 홀로코스트 메모리얼엔 형언할 수 없는 평화로움이 공존합니다. 아마도 독일인의 '반성'이 학살된 이들에 대한 추모와 어우러져 그나마 작은 평화와 안식을 만들어 낸 것이 아닌가 생각해봅니다. 이것이 진심 어린 반성과 사죄, 그에 상응하는 노력의 힘이겠지요.

일본이 한국과 아시아의 희생자들, 자신들이 괴롭힌 희생된 쥐를 추모하고 반성하는 이런 공원을 만드는 날은 언제쯤 올까요.

 '정반대'로 가정하며 읽고 쓰기

역사는 무엇일까요? 많은 사람이 연구하고 또 생각해보곤 합니다. 세상에는 수많은 일이 일어납니다. 그러나 기록은 사람이 하는 것이죠. 역사는 기록의 형태로 남을 수밖에 없고, 사람에게는 주관이 있습니다. 즉 객관적 역사란 없겠지요? 쓰는 사람의 해석이 들어간 기록이 역사일 겁니다.

《쥐》의 배경이 된 제2차 세계대전에서 나치 독일은 패배했습니다. 미국을 중심으로 한 영국과 프랑스 등 연합군이 전쟁 종반에 독일로 진격하면서 아우슈비츠 같은 수용소를 발견했죠. 그러면서 독일의 유대인 학살이 커다란 역사적 사건으로 부상했습니다.

만약 독일이 전쟁에서 이겼다면 어떻게 됐을까요? 아마 유대인 핍박은 역사 속에 다르게 남았을 겁니다. '만약 정반대였다면~'으로 접근하는 건 비교적 손쉬우면서도 효과적인 글로 연결되곤 합니다.

 이렇게 써보면 어떨까?

독일이 전쟁에서 이겼다면 어떻게 됐을까? 생각만 해도 끔찍하다. 유대인은 어쩌면 지금도 아우슈비츠에 갇혀 있을지도 모른다. 아니, 모두 학살돼 적어도 독일 치하의 유럽에서는 유대인을 한 사람도 찾아볼 수 없게 됐을지도 모른다.

독일은 자신들이 유대인에게 한 짓은 모두 잘못한 게 아니라고 우겼을 것이다. 마치 유대인에게 어떤 문제가 있어 유대인 핍박이 꼭 필요한 일이었다고, 자신들의 판단이 옳은 것이었다고 포장했을 것이다.

어쩌면 미국 등 연합군의 승리는 필연인지도 모른다. 제2차 세계대전은 인류가 범할 수 있는 인간에 대한 잔혹함을 수면 위로 드러내고, 다시는 이런 일이 벌어지지 않도록 인류 스스로 경각심을 갖게 한 사건이기 때문이다.

연합군의 중심이었던 국가 중 미국이 현재까지도 세계에서 가장 강하고 부유한 국가로 남은 것도 《쥐》 같은 작품이 나올 수 있었던 배경이라고 봅니다. 똑같은 전승국이지만 러시아(당시 소련)의 활약은 크게 부각되지 않았죠. 베를린을 함락해 독일의 항복을 끌어낸 것은 실제로는 소련인데, 서방국가, 특히 미국이 냉전에서 소련에 승리한 뒤 강대국으로 남으면서 소련의 활약과 베를린 공방전 등은 생각보다 많이 다뤄지지 않았어요. 역사는 승자의 몫이지만 강자의 몫이기도 합니다. 미국의 '유대인 구출'과 소련의 '베를린 함락' 중 어느 쪽에 왜 무게가 실리는지 짐작할 수 있지요.

한국과 일본 또 유대 국가(이스라엘)와 독일의 관계엔 미묘한 차이가 있습니다. 우리나라는 미국과 군사동맹을 포함해 우방국 관계를 유지하고 있죠. 그런데 냉정하게 따지면 한국보다는 일본이 미국과 더 가깝습니다. 반면 독일보다는 이스라엘이 미국과 더 가깝다고들 합니다. 일본, 이스라엘은 미국과는 '떼려야 뗄 수 없는 관계'라고 해도 과언이 아닐 정도입니다. 비영어권 국가 중에서는 이 두 나라와 미국의 관계가 가장 가까울 거예요.

그래서 일본이 자신들의 과오를 쉽게 인정하지 않을 수 있는 것인지도 모르겠습니다. 이것은 어디까지나 가정에 불과하지만, 이 또한 반대로 가정해보면 재미있는 글이 나올 수 있지요.

✏️ 이렇게 써보면 어떨까?

> 일본은 미국에 패전했고 핵폭탄도 두 곳에 맞았지만, 불평하는 대신 미국의 최고 우방국이 되는 데 힘썼다. 일본의 처세술은 타의 추종을 불허한다. 강자를 알아볼 줄 알고, 그와 보조를 맞출 줄 안다. 그 대가로 미국은 아시아의 전략적 동반자로 사실상 일본을 택했다. 그래서 일본은 하늘 높은 줄 모르는 것 같다. 자신들의 만행을 애써 모른 체하는 것 같다.
>
> 일본이 미국에 앙심을 품고 대립각을 세웠으면 어떻게 됐을까? 지금처럼 G7 국가 반열에 오르지 못했을 것이다. 제국 시절 우리에게 했던 그 잔혹한 행동에 대해 사과하지 않고는 못 배겼을 것이다. 그래서 일본의 영악함이 우리를 더 슬프게 한다.

05 교실의 잔혹한 풍경, 역사와 연결하기

《우리들의 일그러진 영웅》

《우리들의 일그러진 영웅》은 유명 소설가인 이문열의 대표적 중편소설입니다. 아주 짧은 단편도 아니고 그렇다고 장편도 아닌, 원고지 200~500장 정도 되는 소설을 중편이라고 하지요.

이 작품은 서울에서 국민학교(초등학교) 5학년인 '나' 한병태가 시골의 한 학교로 전학을 오면서 시작됩니다. 거기엔 급장(반장)인 엄석대가 있지요. 그런데 한병태는 이상한 점을 알게 됩니다. 급우들 모두 엄석대의 통치를 받고 있다는 사실이죠. 엄석대는 싸움도 잘하고 공부도 잘하면서, 담임선생님의 신임을 얻고 있습니다. 한병태는 엄석대에 맞서보지만 오히려 '왕따'가 돼 괴로움이 커집니다. 마침내 한병태는 엄석대에게 굴종하게 되고, 그 대가로 학급에서 다시 지위를 회복하지요.

그러나 6학년이 되면서 엄석대는 뜻하지 않은 계기로 몰락합니다. 새로운 담임의 개혁이 시작됐기 때문입니다. 교사에 의한 시험 부정행위 발견, 아이들의 잇단 폭로, 심지어 집단 싸움으로 맞서기 등에 의해 엄석대는 결국 쓸쓸히 퇴장하게 됩니다.

이 소설은 권력의 작동 방식과 몰락의 과정을 한 초등학교의 반장과 급우들의 행동을 통해 잘 묘사하고 있습니다. 이문열을 지금의 최고 작가 반열에 올려놓은 작품이기도 하지요. 특히 교실에서 벌어지는 일을 잘 묘사하고 있어서 여러분도 아주 쉽고 빠르게 읽을 수 있습니다.

 왜 하필 학년이 바뀌었을까

'나', 즉 병태는 전학 온 초반부터 곤란에 빠집니다. 반 아이들을 괴롭히면서도 교사의 신임을 받아 최고 권력자로 군림하는 엄석대와 맞서다 괴롭힘을 받죠. 석대는 급장의 권한으로 '합법적 박해'를 치밀하게 진행합니다. 조금만 손톱이 길어도, 며칠만 이발이 늦어져도 위생 불량자로 벌을 받아야 했죠. 털어서 먼지 안 나는 사람 없다고, 병태에게만 집중적인 감시가 이뤄지고, 걸리면 석대 또는 담임으로부터 벌을 받아야 했습니다.

그런데 이것은 병태와 석대의 일대일 승부였을까요? 석대가 직접 괴롭히는 게 문제가 아닙니다. 석대의 사주를 받거나 석대에게 동조하는 다른 아이들이 병태를 절망에 빠뜨리지요.

2부 현대 문학 작품으로 읽고 쓰기

가장 괴로웠던 것은 그날을 시작으로 시도 때도 없이 걸려오는 주먹 싸움이었다. (…) 떼 지어 둘러서서 일방적으로 그 녀석만 응원하는 아이들은 은근히 내 기를 죽여놓았다. 그러다 흙바닥에서 엉겨붙게 되면 나는 어느새 알지 못할 손길의 도움에 밀려 깔려버리기 일쑤였다. (…) 학교에서뿐만 아니라 동네에서조차 나와 어울리려는 반 아이들이 없었다. 그전의 따돌림과는 견줄 수도 없을 만큼 철저한 소외였다.

학교생활이 피폐해지자 공부도 제대로 되지 않고, 2등을 유지하던 반 등수도 중간까지 떨어지고 맙니다. 이런 스트레스를 받으면서는 공부를 포함한 정상적인 생활을 할 수 없겠죠. 이 모든 게 5학년 때 벌어진 일입니다. 그러다가 병태가 6학년이 되면서 상황은 바뀝니다. 6학년 담임선생님이 엄석대의 부정행위를 적발하고, 급우들이 엄석대 성토에 가담하면서 석대는 무너지죠.

그런데 학년이 바뀐 뒤에 문제가 해소되는 설정은 왜 했을까요? 5학년 중간에 담임이 바뀌는 것으로 줄거리를 꾸며도 큰 무리가 없지 않을까요? 아니면 원래의 5학년 담임이 갑자기 엄석대의 성적에 의문을 품는다고 설정해도 이상할 것이 있나요?

해석하기에 따라 5학년은 제5공화국, 6학년은 제6공화국의 탄생을 상징한다고 볼 수도 있습니다. 이 작품은 1987년 한 잡지 여름호에 발표됐더군요. 그 시기엔 무척 중요한 사건이 많았습니다. 물론 작가가 정확하게 이 작품을 언제, 무슨 의도로 썼는지는 알 수 없지만, 그건 중요하지 않아요. 중요한 건 이런 다양한 읽기 방식이 생각하는 힘을 길러줌과 동시에 매력적인 글쓰기와 바로 연결된다는 점입니다.

 ## 역사와 연결해보세요

이 부분은 어려움이 좀 있는 쓰기 방식이긴 합니다. 왜냐하면 지금 설명하려는 방식으로 글쓰기를 하려면 우리 현대사를 어느 정도 알고 있어야 하니까요. 그래서 다양한 독서와 '미디어 읽기'가 중요한 것입니다. 여러 창을 통해 세상을 보고 느끼면 그 지식을 활용해 글쓰기로 연결하기도 수월합니다.

우리나라는 현재 제 몇 공화국일까요? 이걸 헷갈리는 어른도 많은데, 답은 제6공화국입니다. 공화국의 구성 방식, 세부적으로는 권력의 선출 방식을 위해 헌법을 어떻게 구성하느냐로 숫자를 붙여왔는데요, 대통령 선거인단을 통한 이른바 '체육관 선거'로 7년 단임 대통령제를 택한 전두환 대통령 시절을 제5공화국이라고 합니다. 그리고 1987년 헌법 개정(개헌)을 통해 '국민 직접 투표'에 따른 5년 단임 대통령제를 채택한 때부터 현재는 제6공화국입니다. 바로 앞 제4공화국은 박정희 대통령 후반의 유신헌법 체제였고요.

《우리들의 일그러진 영웅》에서 엄석대가 무소불위의 권력을 휘두르는 5학년은 제5공화국과 공통점이 많습니다. 권력에 순응하면 특권을 주고, 대항하면 합법을 가장한 불이익을 주거나 그런 분위기로 몰아가 소외감을 느끼게 만드는 석대의 통치 방식 말입니다. 이것을 상징하는 정점은 5학년 담임입니다. 권력의 성립이나 행사 과정의 절차적 정당성이 아닌 결과론, 이를테면 경제발전이나 질서 확립 등을 우선순위에 놓는 것이죠.

나는 반 아이들 모두의 지지를 받고 있는 석대를 지지할 수밖에 없다. (…) 아이들의 그 지지란 것이 실상은 석대의 위협이나 속임수에 넘어간 거짓된 것일지라도 마찬가지야. 나는 어쨌든 아이들을 그렇게 만든 석대의 힘을 존중하지 않을 수 없어. 지금껏 흐트러짐 없이 잘돼 나가던 우리 반을 막연한 기대만으로 흩어버릴 수 없기 때문이지.

그런데 새로 온 6학년 담임은 달랐죠. 석대가 급장으로 당선되자 의심부터 합니다.

이따위 선거가 어디 있어? 무효표와 당선자 본인의 표를 빼면 전원 일치잖아? 선거 다시 해. (…) 이 못난 것들, 그저 겁만 많아 가지고…. 눈알 똑바로 두어! 사내자식들이 흘금흘금 눈치는 무슨….

그리고 석대가 칠판에 적힌 문제를 잘 못 푸는 것을 보고, 전교 1등이란 성적표와의 괴리를 의심합니다. 결국엔 부정시험이란 걸 밝혀내죠. 그리고 석대를 매질해 그를 추락시킵니다. 힘이 빠진 석대를 급우들이 드디어 성토하기 시작합니다.

"석대는 내 연필깎이를 빌려가 돌려주지 않았습니다. 단속 주간이 아닌데도 쇠다마(구슬)를 뺏어가고…." 1번 아이가 그렇게 입을 열자 2번, 3번도 아는 대로 털어놓기 시작했다. 봇물처럼 쏟아지기 시작한 석대의 비행은 끝없이 이어졌다. (…) 나중에는 임마, 새끼 같은 전에 감히 입 끝에 올려보지도 못한 엄청난 욕들을 섞어 선생님께 고발한다기보다는 석대에게 바로 퍼대는 것이었다.

독재는 일단 막을 내리게 됐네요. 그리고 새로운 체제가 들어섭니다. 6학년 학생들은 임시 의장을 선출한 데 이어 급장, 부급장, 총무뿐 아니라 자치회의 부장들과 분단장까지 선거로 뽑습니다. 그래서 6학년이 제6공화국의 출범과 유사하다고 느껴지는 것입니다.

한국 현대사와 연결하는 이런 글쓰기는 그 발상 자체로도 흥미를 끕니다.

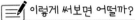

> 엄석대의 '독재'와, 질서를 위해 이를 묵인하는 5학년 교실은 제5공화국을 떠올리게 한다. 명분상의 가치 속에 숨겨진, 힘에 의한 통치가 어떻게 이뤄지는지 그리고 사람들이 어떻게 순응하는지 잘 보여준다.
> 반면 엄석대의 독재를 끝장내고 학생들이 자치회를 조직하는 6학년은 제6공화국의 출범과 비슷하다. 교실 내의 자치 조직이 성공하느냐는 병태네 반의 과제다. 이것이 성공해야 '엄석대의 퇴장'이 비로소 완성된 의미를 지닐 수 있을 것이다.

아직도 우리 정치가 선진화됐다고 말하는 이는 아무도 없습니다. 우리는 여전히 '엄석대 이후 시대'를 만들어 나가면서 계속 시행착오를 겪고 있는지도 모릅니다. 소설 속 '나'도 대놓고 이렇게 표현합니다.

어른들 식으로 표현하면, 한쪽은 너무나 민주의 대의에 충실해 우왕좌왕했고, 또 한쪽은 석대 식의 권위주의를 청산하지 못한 채 은근히 작은 석대를 꿈꾸었다. 거기다가 새로 생긴 건의함은 올바른 국민 탄핵제도의 기능을 하기보다는 밀고와 모함으로 일주일에 하나씩은 임원들을 갈아치웠다.

6학년 때 벌어진 일에서 눈여겨볼 부분이 있습니다. '엄석대는 학생들 스스로 몰아냈는가'입니다. 아니죠. 선생님이 몰아낸 것과 마찬가지입니다. 위로부터의 변화죠.

1987년엔 대통령직선제 개헌이 이루어졌습니다. '6월 항쟁'으로 불리는 국민적 요구가 있었기 때문이기도 하지만, 당시 전두환 대통령과 노태우 민정당 대표 측의 전략이 통한 측면도 분명 있습니다. 그들이 개헌을 기획·발표하고 야당까지 분열하면서, 결국 제5공화국과 사실상 한 몸이던 노태우 씨가 또 대통령이 됐거든요. 한 걸음 더 들어가, 이런 부분을 다루면 굉장히 수준 높은 글쓰기가 될 것입니다.

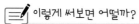 이렇게 써보면 어떨까?

제6공화국 출범 이후에도 1997년 최초의 수평적 정권 교체까지는 10년이 더 걸렸다. 민주화에 대한 국민적 요구에 의해 탄생한 제6공화국이지만, 엄석대의 몰락처럼 우리 또한 철저하게 아래로부터의 변화를 이끌어내지 못한 것도 사실이다.

그래서 변화는 현재진행형이며, 엄석대가 없는 6학년처럼 우리의 제6공화국을 완성하기 위해서는 더 많은 시간과 노력을 들여야 할지도 모른다.

여러분이 책을 많이 읽고 건강한 시민사회를 형성한다면 우리도 정치·문화 선진국이 될 수 있을 겁니다. 이를 위해 여러분이 기억할 만한,《우리들의 일그러진 영웅》의 6학년 담임의 말이 있군요.

너희들은 당연한 너희들의 몫을 빼앗기고도 분한 줄 몰랐고, 불의한 힘 앞에 굴복하고도 부끄러운 줄 몰랐다. (…) 그런 너희들이 어른이 되어 만들 세상은 상상만으로도 끔찍하다.

 ## '따뜻한 시선'으로 읽고 쓰기

학교에는 꼭 누굴 괴롭히는 아이가 있습니다. 독서도 안 하고 부모도 아이 교육을 잘못해 인성이 망가지고 있는 그런 아이죠. 보통 그런 아이는 자신이 그런 사람이란 걸 모릅니다. 부모도 자기 아이의 인성에 문제가 있다는 걸 대부분 모릅니다. 안다면 처음부터 그렇게 안 가르쳤겠죠?

문제는 그런 아이가 학교에서 되레 힘을 키워간다는 겁니다. 오히려 괴롭힘을 받는 아이는 더 고립됩니다. 이런 피해자를 우리는 '왕따'라고 부르죠. 왕따는 단순히 인기가 없는 아이를 말하는 게 아닙니다. 어떤 괴롭힘의 대상임을 전제로 합니다. 인기가 없는 아이와 왕따의 차이점은 간명하지요.

5학년 때 친구들이 병태의 편을 들어줬으면 어땠을까요? 단 한 명이라도 말이죠. 강해 보이는 엄석대의 눈치를 보면서 한 사람, 두 사람이 거꾸로 '괴롭히는 자'에게 동조하는 건 쉽습니다. 이렇게 쉽게 집단의 비겁함이 생겨납니다.

만약 한 사람, 한 사람이 반대 방향으로 모였다면 어떤 힘이 생겨났을까요? 단 한 명에서 시작해 나중엔 집단적 정의가 실현될 수도 있겠죠. 실제 엄석대는 학교에 나오지 않으면서, 자신을 공격한 반 친구들을 학교 밖에서 괴롭히기 시작하죠. 그러나 소전 거리에서는 아이 다섯이 석대와 맞붙습니다. 석대가 아무리 덩치가 좋아도 혼자 다섯을 당해내지는 못하죠. 미창 쪽에서도 똑같은 일이 벌어집니다. 힘을 합치니 천하의 석대도 쉽사리 물리칠 수 있었던 것입니다.

'정의'를 정의하긴 어렵습니다. 그러나 어려움을 겪는 약한 사람을 돕는 것을 '불의'라고 하는 사람이 없다는 것은 확실합니다. 그래서 정의란 말 대신 '따뜻한 시선'이란 말을 썼어요. 이런 관점에서 글을 쓰면 많은 사람의 공감을 얻습니다. 강한 사람 편을 드는 관점의 글은 재미도, 감동도 없지요.

✏️ 이렇게 써보면 어떨까?

> 5학년 때 급장 석대에게 불만을 가진 아이들이 많았을 것이다. 그중 한 명이라도 병태의 편을 들어 함께 맞섰다면 병태가 눈물을 흘리며 석대에게 굴복하진 않았을 것이다.
>
> 둘이 모여 또 셋이 됐다면, 그 자체로 작지만 무시할 수 없는 힘이 된다. 한 사람, 한 사람이 모이면 엄석대도 병태 같은 아이를 함부로 대하지 못하게 만들 수 있다. 그것이 바로 교실에서 내가 할 수 있는 작은 실천이 아닐까.

석대 같은 아이의 부모도 그렇지만, 학교와 다른 가정의 어른
도 반성해야 합니다. 왕따를 당하는 학생들은 늘 말합니다. 어른
에게 도움을 청해도 소용없었다고…. 5학년 담임은 석대와 석대
의 위협에 얼어붙은 반 아이들의 말만 믿고 병태에게 '네가 적응
하라'고 합니다. 아버지도 이렇게 말합니다.

　　못난 자식. 힘이 모자라면 돌도 있고 막대기도 있잖아? 그보다 공
　　부부터 이겨놓고 봐. 그래도 아이들이 안 따르니….

'믿을 만한 어른', '현명한 어른'이 부족한 것은 여러분이 아닌
어른의 책임이긴 합니다. 다만 여러분만이라도 친구에게 손을 내
밀어주면 그 친구에겐 큰 도움이 됩니다. 글쓰기도 글쓰기지만,
실제 학교에서 생활하는 여러분이 늘 고민해봐야 할 대목입니다.

3부에서는 고전 문학 작품을 어떻게 읽을지, 또 글쓰기로 어떻게 연결할 수 있을지 살펴봅니다. 역시 다섯 작품을 골라봤습니다.

고전은 오랜 시간 동안 사람들의 사랑을 받아왔습니다. 100년 이상, 심지어 《일리아드》처럼 수천 년 이상 꾸준히 읽힌 작품이죠. 여기엔 이유가 있을 겁니다. 시대를 뛰어넘는 울림을 담고 있기에 현재까지 사랑받는 것이겠지요.

고전은 수많은 서평과 읽기 방법을 수반합니다. 그러나 꼭 그것에 얽매일 필요는 없어요. 자신만의 독특한 시각으로 읽는다면 글쓰기 또한 수월해질 것입니다.

3부

고전으로
읽고 쓰기

파트라슈와 루벤스는 왜 등장했나, 소설적 장치

《플랜더스의 개》

파트라슈가 제법 쓸모가 많았던 덕분에 그릇 장수는 돈도 어지간히 벌었다. (…) 파트라슈는 그저 죽어가는 개 한 마리, 짐수레나 끄는 개 한 마리일 뿐이었다. 그런 개가 고통스러워한다고 시간을 낭비할 이유가 있는가?

그릇 장수가 버린, 다 죽어가던 개 파트라슈를 넬로 가족이 데려옵니다. 파트라슈는 은혜를 갚고 싶다는 듯 할아버지가 끄는 우유 배달 수레를 이빨로 물어 끌려 하죠. 파트라슈는 넬로와 할아버지의 조그만 우유 수레를 끄는 개가 됐습니다. 할아버지가 무릎을 움직이기 힘들게 되자 이제 넬로와 파트라슈가 우유 배달 일을 하면서 곤궁한 살림을, 그러나 즐겁게 이끌어가게 됩니다.

넬로는 늘 돌 위에 분필로 그림을 그립니다. 화가가 되고 싶은 거죠. 그러나 그 꿈은 결과적으로는 좌절되고 맙니다. 넬로가 정말 원한 건 무엇이었을까요?

《플랜더스의 개》는 생각보다 짧습니다. 일본의 애니메이션 시리즈가 방대하게 제작돼 국내에도 방영됐는데, 어떻게 분량을 그렇게 많이 늘릴 수 있었는지 놀라울 정도입니다. 짧은 글은 읽기가 편하죠. 그래서 쉽게 읽을 수 있으면서도 여러분에게 큰 울림을 줄 수 있는 작품입니다. 한 소년의 꿈과 가난 속의 행복, 그리고 끝내 좌절되고 만 꿈의 이야기가 여러분을 자신도 모르게 감동의 세상으로 끌어당길 것입니다.

힙하게 읽기 넬로가 진짜 원한 것

> 두 사람은 딱딱한 빵 껍질과 양배추 몇 잎만 있으면 행복했고, 땅이나 하늘에 대고 더 많은 것을 달라고 바라지도 않았다.

넬로와 할아버지는 처음부터 가난했습니다. 그러나 몸을 누일 집과 끼니를 해결할 최소한의 음식 정도만 있으면 행복했지요. 많은 것을 바라지 않았습니다. 《플랜더스의 개》 첫 부분은 그렇게 돼 있습니다. 사실일까요?

뒷부분을 계속 보면, 실제로 넬로는 가난을 증오하고 있습니다. 하고 싶은 걸 못하게 가로막는 게 일차적인 이유입니다. 루벤스의 그림을 보는 게 소원인데, 성당 안쪽의 루벤스 그림은 휘장으로 가려놓아 넬로는 볼 수가 없습니다.

파트라슈, 정말 너무해. 가난해서 돈을 못 낸다는 이유로 그림을 볼 수 없다니! 그분은 가난한 사람들에게는 안 보여줄 생각으로 그림을 그린 게 아닐 텐데. (…) 저걸 볼 수 있다면 난 죽어도 좋아.

가난 탓에 넬로는 밑그림이나 원근법, 해부학, 명암 같은 걸 배운 적이 없지요. 그러나 그는 200프랑의 우승 상금이 걸린 대회에 그림을 출품하기로 합니다. 넬로는 그림에 매달렸습니다. 단순히 예술가가 되기 위한 것이었을까요? 그가 화가가 되려는 더 중요한 이유는 따로 있습니다. 넬로는 사실 가난에서 탈출하는 것, 즉 신분 상승을 꿈꿉니다. 화가가 된다는 것은 그 수단이죠.

알로아, 언젠가는 달라질 거야. 언젠가는 너희 집에 있는 그 조그만 송판 조각(넬로 자신이 그린 그림)이 그 무게만큼의 은과 맞먹는 가치를 지니게 될 거야. 그때는 네 아버지도 나에게 문을 열어주시겠지.

그래도 난 위대한 사람이 될 거야. 안 그러면 난 죽어.

내 그림이 상을 받기만 한다면! 아마 그때는 다들 나에게 미안해하겠지.

지긋지긋한 가난에 상처를 입은 겁니다. 넬로는 상상해봅니다. 가난에서 벗어나는 정도가 아니라, 화가로서 성공해서 돌아온 자신을 보고 마을 사람들이 이렇게 말할 것이라고 말이죠.

"저 사람 정말 대단한 인물이야. 세상이 알아주는 위대한 화가거든. 우리 마을에 살던 불쌍한 넬로가 저렇게 되다니." 넬로는 자신을 위해서는 대성당의 뾰족탑이 보이는 언덕에 하얀 대리석으로 커다란 저택을 짓고 화려한 정원도 만들 생각이었다.

이것이 《플랜더스의 개》 속에 숨겨져 있는 넬로의 욕망입니다. 넬로에겐 '부'를 쌓는 것이 성공의 중요한 축으로 여겨집니다. 소설 속 넬로는 파트라슈와 우정만 나누다 사라져간 그런 단순한, 아니 오히려 그래서 더 특별한 그런 소년은 아닌 듯합니다. 인간 사회의 구성원이라면 지닐 수밖에 없는, 가난에서의 탈출과 신분 상승에 대한 열망을 가진 보통의 소년이라고 느껴집니다.

 소설적 장치를 찾아보세요

《플랜더스의 개》에서 처음엔 넬로와 넬로 할아버지만 함께 살고 있었죠. 그러다가 충직하지만 말 못 하는 짐승인 파트라슈를 만납니다. 파트라슈는 그릇 장수의 무거운 짐수레를 끌며 살았죠.

물 한 모금 먹지 못하고 거품을 물고 쓰러져도 날아오는 것은 몽둥이세례뿐, 결국 초주검에 이르러 버려진 파트라슈는 넬로와 할아버지에게 발견돼 그들과 함께 살게 됩니다. 파트라슈는 이렇게 등장합니다.

얼핏 보면 파트라슈는 충직한 개인 것처럼만 보입니다. 그러나 《플랜더스의 개》를 아무도 동물 소설이라고 말하지는 않아요. 개가 핵심 주인공 중 하나고 심지어 책 제목도 '플랜더스의 개'인데도 말이죠. 사실 넬로 혼자 더 조그만 수레를 끌며 우유를 배달하도록 설정해도 줄거리엔 지장이 없었을 겁니다.

그러나 파트라슈는 제목 그대로 매우 중요한 역할을 합니다. 이 소설엔 슬픔이 가득합니다. 행복을 찾아나서는 모습보다, 가난에 못 이겨 힘들어하는 한 가족의 모습이 더 많이 그려집니다. 그 슬픔의 한가운데에 넬로가 있어요. 파트라슈는 동반자로서 넬로의 가난과 행복 그리고 그 속에서의 절망과 종국의 죽음을 매개하고 증폭하는 역할을 합니다. 궁핍한 삶과 우유 배달 일 등은 넬로와 파트라슈가 늘 함께 겪는 것입니다. 넬로와 파트라슈는 그래서 언제나 함께 있고, 또 같은 마음이죠.

파트라슈는 마음속으로 자신의 운명에 크게 감사하며 자신은 세상이 베풀어줄 수 있는 가장 공정하고 친절한 운명을 누리고 있다고 생각했다. 물론 주린 배로 잠자리에 들 때도 많았고, 무더운 여름 한낮에도 살을 엘 듯 추운 겨울 새벽에도 일을 해야 했으며 울

통불통하고 뾰족한 길바닥 때문에 발의 상처가 아물 틈이 없었다. (…) 그래도 파트라슈는 감사하고 만족하며 하루하루 맡은 일에 최선을 다했다.

그런 파트라슈만이 넬로의 꿈을 이해하고 또 알아보고 있습니다.

넬로는 천재였다. (…) 오직 넬로와 늘 함께 다니는 파트라슈만 알고 있었다.

크리스마스가 다가오던 어느 날, 할아버지는 죽음을 맞이했습니다. 넬로와 파트라슈는 의지할 사람이 없어졌죠. 한 달 치 집세가 밀려 있고, 장례를 치르고 나니 넬로에게는 동전 한 닢 남아 있지 않았습니다. 집주인은 '내일 아침까지 집을 비우라'고 합니다.
넬로와 파트라슈는 그 작은 집을 떠날 수밖에 없습니다. 누구도 먹을 것을 주지 않았죠. 마지막 희망은 그림 대회뿐이었습니다. 넬로는 좌절을 직감하고 파트라슈를 알로아의 집에 맡기고 사라집니다. 그러나 파트라슈는 음식을 먹지 않았죠. 기회만 노리던 파트라슈는 결국 도망쳐 넬로를 찾아나섭니다.

 이렇게 써보면 어떨까?

넬로가 어디로 갔는지 파트라슈는 당연히 알고 있었을 것이다. 파트라슈는 넬로 그 자체이기 때문이다.

파트라슈는 넬로의 속마음을 말해주는 소설적 장치에 가까워 보인다. 파트라슈가 개인지 말인지는 중요하지 않다. 넬로와 함께하고 그의 마음을 대변하는 장치가 파트라슈다.

둘은 성당에서 휘장을 걷고 루벤스의 그림을 마지막으로 본다. 달빛에 기대어 본다. 그렇게 둘은 함께 죽는다.

어찌 보면 당연한 일이다. 넬로의 죽음이 곧 파트라슈의 죽음이고, 파트라슈의 죽음은 곧 넬로의 죽음이다. 파트라슈는 넬로의 투사체였고, 둘은 한 몸이었다.

넬로가 갈망했던 루벤스는 바로크 미술의 거장으로 꼽힙니다. 실제 《플랜더스의 개》에 나오는 〈십자가에 올려지는 그리스도〉, 〈십자가에서 내려지는 그리스도〉는 루벤스의 대표적 작품이죠. 바로크 미술은 엄격한 균형과 조화를 강조하는 르네상스 양식의 반대 개념으로 등장한 미술 양식입니다. '형식의 파괴', 즉 화려함과 격렬함을 특징으로 합니다. 한마디로 바로크 미술은 귀족, 부유층의 미술이었어요.

여러분의 상상을 돕자면, 요즘 '앤티크'로 불리는 화려한 가구를 떠올려보면 됩니다. 건축물로는 프랑스의 베르사유 궁전이 대표적인 바로크 양식입니다. 그러니 넬로에게 루벤스는 부유층에 대한 욕망을 상징한다고 볼 수 있습니다. 또 하나의 소설적 장치를 찾았으니 이를 다뤄보면 어떨까요.

 이렇게 써보면 어떨까?

> 넬로가 갈망하는 작품이 부유층의 상징과도 같은 '바로크'라는 게 우연일까? 하필이면 넬로가 사는 동네에 유일하게 있던 유명한 작품이 바로크 양식이어서 그걸 갈구한 걸까?
>
> 넬로는 집요하게 가난에서 탈출하기를 원했다. 그에 그치지 않고 화가로 성공해 부를 쌓기를 원했고, 심지어 동네로 돌아와 인정받기를 바랐다. 바로크의 거장 루벤스에 대한 동경은 이런 넬로의 심리 상태를 상징한다.

 한뼘 더 '사회적 과제'로 읽고 쓰기

고전이 오랜 세월 동안 사람들에게 영감을 주는 것은 변하지 않는 인간 사회의 고뇌를 반영하고 있기 때문이기도 합니다. 다시 말해 현대 사회에도 여전한 어떤 문제의식이나 해결되지 않은 과제를 담고 있다는 뜻입니다.《플랜더스의 개》역시 마찬가지입니다. 넬로는 화가가 되는 걸 출세의 수단으로 삼으려 했어요. 이런 것을 우리는 요즘 '신분 상승의 사다리'라고 합니다. 작품의 결말만 보면 그 사다리는 제대로 작동하지 않았죠.

갑자기 넬로를 찾는 어떤 전문 화가가 막판에 등장합니다. 넬로가 죽음을 맞이해 이미 늦었지만요.

어제 상을 받았어야 마땅한 소년을 찾고 있습니다. 보기 드문 천재성과 장래성을 지닌 소년입니다. (…) 제가 데려가서 그림을 가르쳐주고 싶습니다.

넬로는 끼니를 거르면서까지 직접 재료를 만들어 작품을 출품했지만, 결국 선택받지 못했습니다. 그리고 기다리는 것은 비극적인 죽음뿐이었죠.

그런데 만약 넬로가 그림 대회에서 1등상을 받았다면 넬로는 성공한 화가가 될 수 있었을까요? 확신할 수 없습니다. 그에겐 또 다음 단계, 그다음 단계의 사다리가 계속 필요해 보이기 때문입니다.

✍️ 이렇게 써보면 어떨까?

《플랜더스의 개》는 절대 벗어날 수 없는 가난, 그 대물림의 굴레를 말한다. 잘 그린 그림인데도 쉽게 대회에서 뽑히지 못한다. 넬로에게는 타고 올라갈 신분 상승의 사다리가 없다. 있다 해도 너무나 좁았다. 넬로의 죽음은 좁다 못해 아예 끊어졌을지도 모르는 현대 '신분 상승의 사다리'의 현실을 보여준다.

02 욕망과 노동, 시대와 연결하기 ──────

레프 톨스토이는 《전쟁과 평화》, 《안나 카레니나》, 《부활》 등 뛰어난 장편소설로 유명합니다. 톨스토이의 작품 몇 개는 읽어야 독서 좀 했다는 얘기를 듣지요. 그러나 그의 단편소설 또한 매우 강렬합니다. 확신에 찬 강한 사회적 메시지를 담고 있고, 극적 전개와 반전으로 사람을 얼얼하게 만들죠. 한 개인의 내면에 대해 노골적으로 탐구하기보다는, 이야기 전개를 통해 자연스럽게 인간의 본성을 보여준다는 점에서 그의 단편은 다른 작품과 결이 다릅니다. 그래서 거장이라 불리는 것이겠죠.

그의 대표적인 단편 두 개를 집중적으로 생각해보기로 합니다. 〈사람에게는 얼마만큼의 땅이 필요할까〉는 말 그대로 원하는 만큼 땅을 가질 수 있되 그 원하는 정도를 스스로 결정할 수 있다면, 과연 사람은 어떻게 행동하며, 그 본성과 결과는 어떨지에 대해 말하고 있습니다. 또 〈바보 이반 이야기〉는 군인인 첫째 시메온,

사업가인 둘째 타라스, 그리고 바보스러운 농부인 막내 이반 삼 형제를 통해 '어떻게 살아야 할 것인가'의 문제의식을 담아냅니다.

단편집만의 장점이 있지요. 작품 하나하나가 짧아서 읽기 쉽습니다. 순서에 상관없이 마음에 드는 것부터 읽을 수도 있어요. 단편소설 모음집은 대문호 톨스토이에서 시작하는 게 어떨까요.

 욕망의 적정선과 노동의 범위

여기에 한 농부가 있습니다. 파흠이란 사람입니다. 그는 땅을 갖고 싶어 합니다. 그리고 땅을 주는 사람도 있습니다. 바시키르족 사람들입니다. 이들은 희한한 방식으로 땅을 줍니다. 바시키르족 사람들의 땅 거래 단위는 '하루의 땅'입니다. 하루 동안 매입자가 걸어서 돌아다니며 표시한 만큼 그 사람의 땅이 되고 그 금액은 1000루블로 일정하다는 것이죠. 손쉽게 싼값에 땅을 얻을 수 있죠. 대신, 해가 지기 전 출발 지점으로 돌아오지 못하면 되레 돈을 잃게 됩니다. 하루 내에 열심히 걸어 구획을 만들어내는 만큼의 땅을 얻게 되는 방식입니다.

여러분은 이미 흥미진진해졌을 겁니다. 사람의 욕심을 아주 자극하는 방식의 땅 매매잖아요.

서양의 카드게임 중 '블랙잭'이란 게 있어요. 카드에는 숫자가 쓰여 있는데, 두 장 이상 카드의 숫자 합계가 21이 되면 가장 높은 숫자로 인정받습니다. 계속 카드를 추가로 요청할 수 있고요. 만약 내 카드가 세 장인데 합이 15라면? 한 장 더 받아봅니다. '6' 카드를 받았어요. 합이 21, 최고치 완성! 그러면 무조건 이기거나 최소한 비기게 되겠죠. 그런데 '7'을 받으면? 22가 되어, 일명 '폭발'이죠. 실격패를 당하는 겁니다. 상대방 카드의 합계가 3이나 5더라도, 내 카드 숫자의 합이 21을 넘으면 폭발, 즉 실격이니 무조건 지게 되고 돈을 잃습니다. 욕심과 절제를 노골적으로 시험하는 도박이지요.

파흠과 바시키르족 사람들의 게임은 이렇게 시작됐습니다. 파흠에겐 불행의 시작이었죠. 사실 모든 도박은 불행의 시작이니까요. 결국 그는 블랙잭에서 폭발해서 돈을 잃듯, 과한 욕심을 부려 과로로 죽게 됩니다. 궁금해집니다. 인간의 욕심이 폭발, 즉 몰락을 초래하는 그 선은 어디인가? 어느 선을 넘어서기 전까지 욕망은 합리적일 수 있는가?

톨스토이의 또 다른 대표적인 단편소설 〈바보 이반 이야기〉엔 군인과 사업가인 형들과 농부인 막내 이반이 등장합니다. 첫째 시메온은 군대를 이끌고 왕국을 만들어 전쟁을 일으키다가 악마의 방해로 패전하고 결국 망합니다. 둘째 타라스도 사업을 해 왕국을 만들었지만, 악마의 계략에 걸려 돈은 많지만 먹을 것을 구할 수 없어 한 끼도 먹지 못하는 처지에 빠지죠. 이 소설엔 이렇듯 권력과 부, 더 나아가 전쟁과 탐욕적 금융 등에 대한 날카로운 비판이 담겨 있습니다.

반면 이반은 악마들이 아무리 방해해도 불행하게 만들 수가 없습니다. 배가 아프게 만들어도 참고 농사를 짓고, 쟁기를 붙잡아 이반이 못 끌게 하려 해도 이반은 꿋꿋하게 더 열심히 쟁기질하는 식이거든요. 나중에 이반은 공주의 병까지 고쳐 왕국을 이끌게 됩니다. 그리고 자신을 포함해 모두 농사를 짓고 일을 하는 나라를 만들죠. 악마는 이반의 나라에 전쟁을 걸어오기도 하고, 병사를 징집하라고도 하며, 사업가로 변신해 금화를 뿌리기도 하지만, 이반의 왕국 사람들은 그저 농사를 열심히 지을 뿐입니다. 그리하여 악마는 퇴치되고 이반의 왕국은 날로 번창한다는 얘기입니다. 노동의 가치를 역설하는 작품인 셈이죠.

그런데 여기서 노동은 실제 몸을 쓰는 노동에 한합니다. 그렇다면 몸을 쓰는 일 외에는 노동이 아닐까요? 〈바보 이반 이야기〉는 다음과 같이 단호하게 끝을 맺습니다.

이반의 왕국에는 한 가지 특별한 풍습이 있다. 손에 굳은살이 박인 사람은 누구든 식탁에 앉을 수 있지만, 그렇지 않은 사람은 다른 사람들이 남긴 음식을 먹어야 한다.

〈사람에게는 얼마만큼의 땅이 필요할까〉에서 파흠은 죽음을 맞았습니다. 작품은 그의 죽음을 통해 욕심을 경계해야 한다는 메시지를 줍니다.

톨스토이가 글을 쓰던 때는 러시아 혁명 전으로, 민중의 삶이 힘들고 빈부의 차가 커지던 시기였습니다. 그가 '욕심, 특히 돈에 대한 욕심'을 비판적인 시선으로 다룬 이유를 알 수 있습니다. 그러나 욕심이 전혀 없다면 현대 사회는 앞으로 나아갈 수 없을 겁니다. '지나친 욕심'과 '적당한 욕심'을 구분하는 건 매우 어렵습니다.

파흠은 걸으면 걸을수록 자신의 것이 되는 땅을 보면서 말하죠.

아주아주 넓은 구역을 표시할 거야. (…) 안 좋은 땅은 팔거나 농부들에게 세를 주고 가장 좋은 땅을 골라 농사를 지어야지. 소를 두 마리 사고 일꾼들도 두 명 더 쓸 거야.

파흠은 출발했지만 걸을수록 욕심이 납니다.

이 부근은 아주 비옥해서 놓치기엔 아까워. 갈수록 땅이 더 좋아 보이잖아.

그가 욕심을 내면 낼수록 해는 기울고 출발점은 멀어집니다. 막판엔 오르막을 뛰어야 했고, 그는 기진맥진해졌어요.

결국 다리가 후들거려 쓰러진 파흄의 손에 모자가 닿았다. "오, 대단한 분이군! 이분은 많은 땅을 얻었소!" 족장이 큰 소리로 외쳤다.

톨스토이의 〈사람에게는 얼마만큼의 땅이 필요할까〉는 달라진 자본주의 체제를 살아가는 현대인에게 '욕심의 적당한 선은 어디인가'라는 질문을 던지고 있습니다. 이런 시대적 변화를 잘 관찰한다면 그 자체를 글로 표현해볼 수 있겠죠.

✍ 이렇게 써보면 어떨까?

> 적당한 욕심은 필요하다. 그러나 어느 정도인가도 매우 중요한 문제다. 적당한 선에서 결정을 내리는 게 더 중요해졌다.
> 적당한 선을 넘어서면 파국을 맞지만 '경계 지점'을 잘 지키면 욕심은 개인의 성공 동력으로 작용할 수도 있다. 파흄이 사망할 정도가 아닌 적정선을 잘 지켰다면 그는 큰 부를 얻었을 것이다.

그러나 그 '적정선'을 알아내기란 쉽지 않죠. 여러분 또한 마찬가지일 겁니다. 어떤 것의 정답을 다 알 수는 없습니다. 모두 어려

위하는 문제는 그대로 표현해주면 됩니다. 다음은 그 내용을 덧붙인 경우입니다.

📝 이렇게 써보면 어떨까?

적당한 욕심은 필요하다. 그러나 어느 정도인가도 매우 중요한 문제다. 적당한 선에서 결정을 내리는 게 더 중요해졌다.

적당한 선을 넘어서면 파국을 맞지만 '경계 지점'을 잘 지키면 욕심은 개인의 성공 동력으로 작용할 수도 있다. 파홈이 사망할 정도가 아닌 적정선을 잘 지켰다면 그는 큰 부를 얻었을 것이다.

적정선을 지키기 위해서는 자기 자신을 잘 파악해야 한다. 나는 어떤 사람인가, 무엇을 잘하는가, 그리고 어디까지 할 수 있는가? 쉽지 않은 일이지만, 스스로를 알기 위해 끊임없이 노력해야 한다는 점은 분명하다.

이번엔 〈바보 이반 이야기〉입니다. 이 작품에는 육체노동의 가치를 높게 보는 톨스토이의 시선이 들어 있지요. 이 또한 톨스토이 시대의 특성이 반영된 결과라고 할 수 있습니다. 소비에트 연방(소련) 헌법 제12조에는 이런 문구가 있었습니다.

'일하지 않는 자여, 먹지도 마라'라는 원칙에 따라 소비에트 연방에서 노동이란 모든 시민의 의무이자 명예다. 소비에트 연방에서 이 원칙은 '능력에 따른 생산, 노동에 따른 분배'라는 공산주의 원칙을 말한다.

〈바보 이반 이야기〉에는 '일하지 않는 자, 먹지도 마라'라는 공산주의의 이상이 그려져 있습니다. 톨스토이가 작품을 쓰던 당시의 시대적 배경입니다.

톨스토이의 작품은 1917년 러시아 혁명 전에 나온 것입니다. 소련이 만들어지기 직전이지요. 소련의 영향을 받아 집필된 작품은 아니지만, 러시아 혁명이 왜 일어나게 됐는지 이해할 수 있습니다. 혁명은 민중이 먹고살기 어려워 도저히 참을 수 없을 때 일어납니다.

톨스토이의 단편뿐 아니라 장편을 봐도 당시 러시아 사람들은 정말 어려운 삶을 살았습니다. 도저히 감내할 수 없는 수준의 가난 그리고 불만. 이것은 혁명으로 이어지기 쉽습니다. 그리고 혁명을 일으키는 이들의 대부분은 손에 굳은살이 박인 사람들이죠. 위정자들의 손은 부드럽습니다. '일하지 않는 자', '먹을 권리도 없는 자'는 바로 굳은살이 없는 사람들입니다.

그러나 그 시대의 얘기죠. 군 복무나 금융업은 정말 노동이 아닐까요? 더구나 소련도 몰락했습니다. '굳은살 놀음'을 하다가 굳은살 없는 사람이 또 생겨났죠. 톨스토이 스스로도 〈바보 이반 이야기〉에서 이렇게 썼습니다.

현명한 사람들은 모두 이반의 왕국을 떠나고 바보들만 남았다.

바보들만 남은 사회를 훌륭한 사회라고 말할 수는 없을 겁니다. 현대 사회의 새로운 특징을 잘 관찰해보면 〈바보 이반 이야기〉에 대해 이렇게 써볼 수 있습니다.

손에 굳은살이 박이는 일을 하는 노동자도 있지만 군 장교로 일할 수도 있고 금융회사에서 일할 수도 있다. 사무직이든 농부든 건설직이든 모두 노동자다. 사람마다 적성이 다르고, 맡은 일이 있고, 다 중요한 것이다. 어떤 일을 하든 서로 존중하면 될 일이다.

부모님은 매일 회사에 나가 사무직으로 일한다. 열심히 일해 돈을 번다. 부모님의 손엔 굳은살이 박이지 않지만 훌륭한 노동자이며, 오히려 바보스럽지도 않고 풍부한 지혜를 갖추고 있다. 열심히 일하는 것 그 자체가 아름답고 소중한 가치일 것이다.

한 뼘 더 '결혼'으로 읽고 쓰기

결혼이란 무엇인가? 과거엔 이런 의문을 품는 사람이 드물었어요. 그러나 현대 사회에서는 결혼하지 않는 사람이 늘고 있습니다. '꼭 결혼해야 하는가'가 중요한 화두로 떠오른 것입니다.

〈바보 이반 이야기〉에서 두 형은 처음부터 결혼한 것으로 설정돼 있고 이반은 미혼입니다. 형제들의 아내는 고마움을 모르고 시동생을 무시하는 모습을 보입니다. 군인 시메온의 아내는 이반에게 신세를 지게 됐으면서도 '더러운 농부와는 식사할 수 없다'고 말하죠. 또 타라스의 아내도 "난 이 시골뜨기와는 같이 앉아 있을 수 없어요. 땀 냄새가 지독해요"라고 말합니다. 형들보다 더 배은망덕하고 철없는 여인들로 그려집니다.

그런데 이반도 마침내 결혼을 합니다. 왕국의 공주가 병에 걸렸거든요. 벌써 뻔한 냄새가 나죠?

> 그 무렵 왕의 딸이 병에 걸렸다. 왕은 모든 도시와 마을에 누구든 공주의 병을 낫게 해주는 사람에게 사례할 것이며, 결혼하지 않은 남자일 경우 공주를 아내로 맞이하게 해주겠다고 공표했다.

이 부분은 스토리 구성이 약간 엉성한데, 아무튼 이반은 어떤 병도 고칠 수 있는 풀뿌리를 갖고 있었습니다. 하지만 공주가 아닌 다른 여인에게 줘버렸지요. 그런데도 이반이 궁전 문턱을 밟자마자 공주의 병이 말끔히 나아버렸습니다. 왕의 약속대로 이반은 공주와 결혼했고, 얼마 되지 않아 왕이 세상을 떠나자 이반이 왕위에 올랐습니다. 그렇게 삼형제 모두 왕이 됐습니다.

그런데 이반이 왕이 된 과정을 보면, 자신의 노력으로 어떤 신분을 획득했다고 느껴지지는 않습니다. '신데렐라 스토리' 같다고나 할까요. 혼인으로 신분 상승을 이뤄낸 겁니다. 고전 작품에는 결혼을 통해 신분의 변화가 일어나는 장면이 많이 있습니다.

그러나 이 또한 우리 사회와는 맞지 않는 경우가 대부분이죠. 이 문제를 생각하면서 글을 써보는 것도 좋을 것 같습니다.

✏️ 이렇게 써보면 어떨까?

바보 이반이 공주와 결혼하지 못했다면 왕이 될 수 있었을까? 굳은살을 중시하는 그의 왕국 자체가 탄생할 수 없었을 것이다.

이반이 공주와 결혼하는 과정에서 그는 아무 노력도 하지 않았다. 운으로 '왕'이라는 신분을 얻게 된 것과 다름없다. 이런 면에서는 이반에게서 군대와 돈을 얻어 왕국을 건설한 이반의 형들과 다를 바가 없다.

이반에게 결혼이란 무엇일까? 결혼은 사랑하는 남녀가 부부가 되는 절차인 것만큼은 사실이다. 특정한 신분을 얻는 수단이 될 수는 없다. 이런 점에서 이반의 결혼은 태생적으로 또한 절차상으로도 정당성이 있다고 느껴지지 않는다.

오히려 다소 무례하거나 폐를 끼치는 부부가 됐다 하더라도, 함께 인생이라는 여정을 걸어간다는 점에서는 이반 형들의 결혼이 더 아름다운 것은 아닐까.

03 고정관념을 뒤집는 비판적 글쓰기

죽느냐, 사느냐. 그것이 문제로다(To be or not to be, that is the question).

이 대사를 모르는 사람, 특히 어른은 거의 없을 겁니다. 셰익스피어의 4대 비극인 〈햄릿〉, 〈오셀로〉, 〈맥베스〉, 〈리어왕〉 중 〈햄릿〉에 나오는 대사죠. '햄릿형 인간'이란 말도 많이 씁니다. '독이 든 성배'는 〈맥베스〉에 나오는 문구로, 역시 많이 씁니다. 4대 비극엔 들어가지 않지만 〈로미오와 줄리엣〉은 여러분도 다 알고 있을 겁니다. 이렇듯 셰익스피어는 그 자체로 세계적이며 역사적인 '히트작과 유행어, 유명 캐릭터'를 많이 만들었습니다.

셰익스피어의 비극뿐 아니라 희극도 매우 재미있는 동시에 사람의 본성을 날카롭게 다루고 있습니다. 여러분이 꼭 읽어볼 만하지요. 셰익스피어는 영국의 극작가여서 작품이 희곡 형태입니다. 연극 대본이란 뜻이죠. 그러나 단편소설처럼 꾸며놓은 책도 많아서 여러분이 읽기에 좋습니다. 역시 《톨스토이 단편선》처럼 빨리 읽을 수 있고 골라 읽는 재미도 있죠.

이 책에서는 셰익스피어의 비극 중 〈햄릿〉, 희극 중 〈베니스의 상인〉을 얘기해보려 합니다.

힙하게 읽기 · 우유부단 햄릿? 논리정연 베니스의 판결?

〈햄릿〉의 주인공 햄릿은 덴마크의 왕자입니다. 그의 숙부인 클라우디우스는 형인 왕을 독살하고 햄릿의 어머니를 부인으로 맞았죠. 햄릿은 아버지를 죽게 하고 어머니를 차지한 숙부에게 복수하려 합니다. 클라우디우스는 이를 눈치채고 햄릿을 죽이려 합니다. 결국 모두 죽음을 맞이하는 비극으로 끝이 나죠.

햄릿은 우유부단한 캐릭터의 전형으로 불립니다. 뭘 결정하지 못하고 자꾸 망설이기만 한다는 것이죠. 아마 앞에 소개한 '죽느냐 사느냐, 그것이 문제로다'라는 말 자체가 그런 느낌을 주기 때문이기도 할 겁니다. 그 유명한 대사는 이렇게 이어지죠.

가혹한 운명의 화살을 맞고도 죽은 듯 참아야 하는가. 아니면 성난 파도처럼 밀려드는 재앙과 싸워 물리쳐야 하는가. (…) 결국 분별력은 우리를 겁쟁이로 만드는구나.

이런 식으로 다소 망설이는 듯한, 또 그런 자신을 책망하는 듯한 대사가 가끔 나옵니다.

> 사고력을 넷으로 나눴을 때 하나가 지혜이고 나머지 셋은 두려움인가? 이 일은 꼭 해야 한다고 하면서 입으로만 떠들어대고 허송세월을 하고 있으니 말이다. (…) 아버님은 살해당하고, 어머님은 더럽혀지고, 복수를 위해 이성도 정열도 폭발해야 할 지경인데, 사생결단을 못 내고 죽치고만 있다니.

'햄릿=우유부단'의 등식이 어디에서 나왔는지 알 것 같네요. 그러나 내용 전반을 보면, 목숨을 걸고 계획하는 복수극의 주인공이라는 점에서 그의 망설임은 크게 이상하지 않다는 느낌이 더 강하게 듭니다.

다음 작품으로, 셰익스피어의 희극 중 대표적 작품인 〈베니스의 상인〉은 전형적인 권선징악형 이야기입니다. 바사니오는 유대인 상인 샤일록에게서 3000더컷이나 되는 거금을 빌립니다. 바사니오의 친구 안토니오가 보증을 섰어요. 안토니오는 재력가이긴 하지만 지금으로 치면 해운업을 하는 인물이어서, 바다를 항해하는 배들에 문제가 생기면 그만큼 재산이 사라진다는 위험부담을 안고 있습니다.

보증을 선 안토니오가 돈을 대신 갚지 못하면 샤일록은 안토니오의 살 1파운드를 받기로 합니다. 결국엔 안토니오가 돈을 갚지 못하고, 샤일록은 안토니오의 살을 가져갈 수 있게 되지요. 그러나 안토니오의 변호인 격인 포샤가 나섭니다. 다음은 그 유명한 판결입니다.

이 증서에는 단 한 방울의 피도 원고에게 준다는 말이 없다. 여기에는 '살 1파운드'라고만 적혀 있으니 살을 1파운드만 잘라 가라. 단, 피를 단 한 방울이라도 흘린다면 그대의 토지를 비롯한 재산은 모두 베니스 법률에 따라 국고로 귀속될 것이다.

샤일록은 법정에서 안토니오의 살을 가져가기는커녕 자기 재산의 절반이나 빼앗기고 말지요. 목숨을 빼앗으려던 잔인한 인물은 벌을 받는다는 권선징악의 통쾌함을 주는 대표적 희극입니다. 〈베니스의 상인〉에서는 고리대금업자가 채무자의 목숨을 취하는 문제를 법정 드라마처럼 다룹니다. 통쾌한 결말도 좋지만, 작품의 특성상 판결 내용에 약점은 없는지 궁금해집니다. 결과적으로 안토니오는 돈을 빌려놓고도 갚지 않았습니다. 왜 이런 결론이 나왔을까요?

〈햄릿〉과 〈베니스의 상인〉은 죽음이라는 민감한 소재를 다루고 있어 인간의 본성과 내면을 잘 드러냅니다. 그만큼 신중하게 생각해볼 내용이기도 해서, 두 작품 모두 매우 논쟁적인 작품이라 볼 수 있습니다.

햄릿이 우유부단한 사람 맞나? 아닌가?

사사건건 시비를 거는 사람은 반길 만한 성격이 아닐 겁니다. 그러나 글을 쓸 땐 '그래, 그럴 거야'라고 넘어가기보다 묻고 따질 준비가 돼 있어야 합니다. 특히 여러분처럼 논리적인 글을 써봐야 하는 10대라면 더욱 그렇습니다.

〈햄릿〉의 주인공을 두고 다들 우유부단하다고 하는데, 목숨을 건 복수에 대한 고민이 과연 우유부단한 사람이란 말로 정리될 수 있는 걸까요? 오히려 햄릿처럼, 아니 햄릿보다 더 치밀하게 고민해서 결정적인 순간에 결단을 해야 하는 것 아닐까요. 정면으로 의문을 던져볼 만합니다.

우선 어머니 게르트루드를 차지한 숙부, 이 부분은 햄릿에게 고민이었을 거예요. 햄릿은 아버지의 죽음만큼이나 '어머니를 차지한 숙부'를 응징해야 한다고 생각합니다. 이것이 복수의 중요한 두 축이죠. 그러나 그중 하나, 혹시 어머니가 숙부를 사랑하고 있다면? 이는 어머니에겐 행복인가 불행인가, 또 숙부에 대한 복수의 이유가 될 수 있는가? 복수의 명분 중 절반 정도가 흔들릴 수도 있겠죠.

햄릿: 어머니는 부부로서 신에게 맹세한 혼약을 한낱 헛소리에 불과하도록 했습니다. (…) 행여 사랑 때문에 눈이 멀었다고 하지 마

세요. (…) 아무리 눈이 멀었다 해도 이런 차이(버린 '아름다운' 남자
와 새로 취한 '더러운' 남자)를 구분 못 할 만큼 판단력을 잃진 않을 거
예요.

게르트루드: 오, 햄릿. 그만해라. 너의 말은 내 영혼을 꿰뚫어보는
구나. 아무래도 지워지지 않을 시커멓게 멍든 내 영혼의 얼룩을.

실제 햄릿의 어머니는 '사랑에 눈이 멀었냐'는 아들 햄릿의 질
타에 아무런 부인을 하지 못합니다. 어머니가 사랑하는 남자가
비록 아버지의 원수라고 해도, 그를 제거하면 어머니가 행복을
잃게 되는 건 아닐까? 그렇다면 아버지의 복수를 할 수는 있지만,
동시에 어머니를 불행하게 만드는 건 아닐까? 고민이 될 수밖에
없겠지요. 명분을 두고 심사숙고하는 모습은 '우유부단'이란 한
마디로 정리될 수 없을 것입니다. 오히려 햄릿은 치밀하게 복수
를 준비합니다.

구경꾼들이 오는군. 실성한 척해야지. 자네도 자리를 잡게.

 이렇게 써보면 어떨까?

> 목숨을 건 복수에 대해 고민하는 것을 '우유부단'으로 볼 수는 없다. 특히
> 어머니를 숙부가 억지로 차지했는지 모호하다는 게 햄릿의 판단이다. 복수의
> 명분을 심사숙고하는 건 우유부단이 아니다.

오히려 햄릿이 보인 행동은 매우 치밀하고 철저했다. 우유부단함과는 정반대의 모습이다. 그는 복수를 위해 실성한 척 연기하며 기회를 노렸다. 심지어 연인 오펠리아를 멀리하며 사랑도 포기하고 복수만 준비했다. 우유부단하기는커녕 햄릿이야말로 결단과 계획적 인물의 표상이다.

〈베니스의 상인〉에 나오는 '살은 되지만 피는 안 된다, 살만 가져가지 못한다면 벌을 받아야 한다'는 판결. 언뜻 논리적인 듯 보이지만 여기에도 비판적으로 접근할 부분이 있습니다.

이 작품에서 공방이 벌어진 건 하나의 계약서 때문이죠. 세부적으로 살펴볼까요. 돈을 갚지 못하면 사실상 목숨을 앗아가겠다는 계약은 잔혹하기 이를 데 없습니다. 현대적 관점에서는 그 계약 자체가 위법하다고 봐야 할 것입니다. 이런 식의 계약을 현대 법률은 허용하지 않아요. 계약 자체가 무효가 되죠. 그러나 문제는 〈베니스의 상인〉에서는 계약의 유효함을 인정한다는 겁니다. 그러면 계약 내용 자체를 볼 수밖에 없습니다. 〈베니스의 상인〉에서 계약서 전문 같은 건 나오지 않아요. 대략의 내용만 묘사돼 있죠.

샤일록: 만일 안토니오 나리가 차용증에 명시된 대로 지정된 날짜

와 장소에서 지정된 액수의 돈을 갚지 못하면, 위약금으로 나리의 몸 어디에서든 내가 원하는 곳의 살 1파운드를 주시는 게 어떻습니까?

안토니오: 좋소. 그런 증서라면 서명하겠소.

베니스 재판부의 판결은 샤일록이 안토니오의 살 1파운드를 가져가는 대신, 피를 흘리게 하거나 1파운드를 '정확하게' 맞추지 못하면 안 된다는 것입니다. 그런데 여기서 질문이 생깁니다. 왜 샤일록이 안토니오로부터 살을 베어가야 할까요? 살 1파운드를 주기로 했다면, 안토니오가 알아서 줘야 하는 일 아닐까요? 따라서 다음과 같이 쓸 수 있습니다.

 이렇게 써보면 어떨까?

〈베니스의 상인〉의 판결엔 계약 해석의 모순이 있다. 예를 들어 돈 1억 원을 빌린 사람이 "내 돈 1억 원은 안방 금고에 있다. 잠겨 있지만, 알아서 돈을 가져가라. 다만 금고를 갖고 가거나, 여는 과정에서 부수거나 긁히게 하거나, 방에 들어올 때 마루나 안방 바닥에 흠집이나 발자국 또는 흔적을 조금이라도 남긴다면 당신의 재산 반을 몰수할 것"이라고 말한다면 그것은 합당한 판결이라 할 수 없을 것이다.

만약 베니스 재판부의 판결대로라면 돈을 빌린 사람이 갚지 않아도 되며, 오히려 돈을 빌려준 사람이 벌을 받아야 한다는 이상한 결론에 도달하게 됩니다. 평판이 나쁜 사람에게서 돈을 빌린 뒤 계약서를 찢어버린 다음, 그 나쁜 평판을 앞세워 돈을 안 갚으면 그만이겠네요? 도리어 돈을 빌려주면 큰일 난다는 식의 교훈을 남기는 판결이어서 베니스의 경제 흐름에도 도움이 될 것 같지 않습니다.

물론 꼭 어느 쪽 논리가 옳다고 단정하기 어려운 일이 세상에는 많습니다. 그러나 충분히 근거가 있는 비판은 매우 날카롭게 느껴지곤 합니다. 특히 누군가 아주 논리적으로 얘기하는 것처럼 느껴질 때 반박 형태로 비판하면 더욱 그렇습니다. 여러분도 어떤 내용, 특히 논리적 내용을 접하면 거기에 이상한 점이나 약점은 없는지 생각하는 습관을 기르면 글쓰기에 도움이 됩니다.

 '편견'으로 읽고 쓰기

〈베니스의 상인〉은 거의 법정 드라마처럼 만들어진 만큼 많은 의문점을 남깁니다. 우선 샤일록은 왜 돈 대신 그토록 안토니오의 살, 다시 말해 안토니오의 목숨을 원했을까요? 단순히 샤일록의 본성이 잔인해서일까요? 다음은 샤일록이 돈을 빌려줄 때 안토니오와 나눈 대화입니다.

샤일록: 안토니오 나리는 제가 돈놀이를 한다고 저를 수없이 비난하셨죠. 그래도 전 어깨를 움츠리며 꾹 참아내곤 했죠. 인내는 우리 유대 민족의 미덕이니까요. 당신은 나를 두고 이교도라느니, 사람 잡는 개라느니 하면서 서슴없이 침을 뱉었지요. 내 돈을 내 마음대로 이용하는 걸 두고 말이죠. 그런데 지금 나리께서는 이 개새끼의 돈이 필요하시다고요?

안토니오: 앞으로도 나는 당신을 개새끼라고 부르고, 계속 침도 뱉을 거고, 발길질도 할 것이오.

　돈을 빌리는 순간에도 안토니오는 유대인 샤일록의 금융업을 비난하고 모욕한다는 걸 알 수 있죠. 〈베니스의 상인〉에는 유대인에 대한 노골적인 인종차별적 인식이 묻어 있습니다. 작품 전체에 걸쳐 샤일록을 악마 같은 인간으로 묘사해요. 앞서 다뤘던 《쥐》에 등장하는 나치 독일의 시선과 닮아 있다는 걸 알 수 있습니다.

　또한 금융 분야의 수완을 '더러운 돈놀이'로 치부합니다. 현대 경제에서 금융은 혈맥과도 같습니다. 지금의 관점에서 〈베니스의 상인〉은 신종(사실은 선진적인) 산업에 대한 편견을 드러내고 있다고 평가할 수 있습니다. 이런 편견도 글로 지적할 만한 내용입니다.

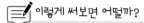
이렇게 써보면 어떨까?

〈베니스의 상인〉은 유대인에 대한 인종적 편견을 드러내고 있다. 돈을 빌린 안토니오가 욕을 하고 침을 뱉는 행위가 정당화될 정도로 유대인 샤일록이 나쁜 존재로 묘사된다. '유대인은 인간이 아니다'라고 했던 히틀러의 시선과 무엇이 다른가.

아울러 금융산업을 '더러운 돈놀이'로 취급하는, 새로운 분야에 대한 편견도 녹아 있다. 만약 〈베니스의 상인〉의 시선대로라면 현대 사회에서 금융업은 존재할 수 없으며, 기업·기관뿐 아니라 서민도 대출을 받지 못해 꼭 필요한 돈을 제때 구할 수 없게 될 것이다.

〈베니스의 상인〉은 나쁜 이미지를 가진, 그러나 실제로는 나쁘지 않은 유대인과 금융업을 합쳐놓고 이를 배격하는 과정 자체를 '통쾌하다'고 규정하고 있다.

04

강자와 약자를 대하는 자세 ─────

프랜시스 호지슨 버넷의 작품 《세라 이야기》는 예전엔 '소공녀'라는 제목으로 많이 나왔는데, 요즘은 '세라 이야기'로 굳어지는 듯합니다. 아마도 원작 제목이 '세라 크루'여서 그에 맞게 바꾼 것 같습니다. 상대적으로 분량이 짧았던 당시 '세라 크루'는 나중에 더 풍성하게 보완돼 《리틀 프린세스 A little Princess》라는 책과 연극으로 나왔는데, '소공녀'는 여기서 나온 제목으로 보입니다.

이야기는 부자 아버지 크루 대위가 딸 세라를 사립 여학교에 맡기면서 시작됩니다. 세라는 우리가 말하는 이른바 동화 속 공주님과도 같죠. 그러나 얼마 지나지 않아 크루 대위는 사망하고 심지어 전 재산을 잃게 됩니다. 세라는 졸지에 학비조차 낼 수 없는 가난뱅이가 됐죠. 그토록 친절하던 교장 민친 선생은 돌변합니다. 이 때문에 세라는 최고의 대접을 받던 부유층 학생이 아닌, 졸지에 하녀와 다름없는 생활을 시작하게 되지요.

온갖 구박을 받던 세라는 나중에 다시 부자가 됩니다. 민친 선생도 바로 태도를 바꿔서 '내가 널 얼마나 귀여워했느냐'며 학교에 남아달라고 사정합니다. 세라는 이렇게 냉정하게 말하며 통쾌한 복수를 하지요.

정말 나를 귀여워하셨어요? 전 몰랐어요.

《세라 이야기》는 어려움에 빠진 한 소녀가 어떻게 난관을 극복해 가는지, 또 그런 어려움 속에서도 남을 돕는 마음을 어떻게 행동으로 옮기는지, 나중에는 이 소녀를 괴롭히던 어른들이 어떻게 몰락하는지 잘 보여주는, 여러분 또래로부터 인기를 얻어온 대표적인 고전 작품입니다.

 ## 강자와 약자의 먹고 먹히는 관계

《세라 이야기》는 한 소녀의 고난 이야기입니다. 여러분도 그렇겠지만 불행과 고난을 좋아하는 사람은 없습니다. 그러나 다른 사람의 불행과 고난을 지켜보는 건 크게 불편하지 않습니다. 우선 '휴, 난 다행이야' 식의 '비교 안도'를 느끼기 때문입니다. 저렇게 어려운 사람도 있는데 그래도 난 행복하다는 식의 확신과 기쁨을 얻습니다. 그런 감정은 적잖은 위로가 되어줍니다. 또 작품을 통해 나도 그 고난을 체험하면서 주인공과 함께 극복하려고 마음속으로나마 노력해보는 게 그 나름의 즐거움을 줍니다.

그러나 《세라 이야기》를 보면 더 흥미로운 부분이 있습니다. 힘에 따른 사람 간의 관계와 그 변화입니다. 세라가 부잣집 딸일 때 민친 선생은 온갖 아양을 다 보여줍니다. 이때는 세라가 '강자', 민친 선생은 '약자'였죠. 그러나 세라의 아버지가 죽고 다이아몬드 광산이 완전히 망했으며, 세라를 돌봐줄 사람이 없다는 사실을 알게 된 민친 선생은 곧바로 말합니다.

> 말도 안 돼! 지금 이 순간 세라는 비단옷과 레이스 속치마를 차려입고 내 돈으로 내 방에서 파티를 벌이고 있다고요. (…) 나이가 들기 전에 본전을 톡톡히 뽑아내고 말 거요!

그리고 곧바로 달려가 다른 교직원인 아멜리아(민친의 동생)에게 말하죠.

> 세라한테 가서 그 우스꽝스러운 비단옷은 벗고 까만 옷을 입으라고 해. (…) 그 응석받이에다 공상에 빠져 사는 아이는 거지가 됐어.

세라를 굶기고 일을 시키고 괴롭히는 정점엔 민친 선생이 있습니다. 민친 선생이야말로 '강자'로 돌변해 '약자'가 된 세라에게 '강자가 할 수 있는 모든 것'을 보여줍니다. 부잣집 딸에서 하녀로 전락한 세라는 굶주림과 고된 노동의 고통 속에 놓이죠. 약자인 세라는 별로 할 수 있는 게 없습니다. 자신만의 극복 방법을 찾아 내는 게 유일한 대안이죠. 바로 '상상 놀이'입니다. 쥐가 출몰하는 다락방으로 쫓겨났지만 세라는 말합니다.

> 이 작은 다락방은 아주 높은 곳에 있기 때문에 나무 위에 지어진 둥지 같아. (…) 바닥에는 두툼한 파란색 인도산 깔개가 깔려 있어. 저 구석에는 작고 폭신한 소파와 쿠션이 있고, 저쪽에는 책이 가 득한 책꽂이가 있어. (…) 벽난로 옆에서는 구리 주전자가 보글보 글 끓고, 침대도 근사해서 부드러운 비단 침대보가 씌워져 있어.

 사람에게 집중해보세요

뉴스를 쓰는 언론사에서도 윗사람이 기자들에게 늘 하는 말이 있 습니다. "사람 얘기 좀 갖고 와." 그만큼 '사람', 즉 개별 인물에 대 한 글은 읽는 사람이 흥미를 느끼는 게 보통입니다. 사람은 다른 사람의 이야기에 관심이 많거든요.

《세라 이야기》에서 세라는 아주 독특한 캐릭터입니다. 결정적 으로 세라는 약자일 때도 늘 당당합니다. 어려움을 겪는 다른 사 람과 달리 세라는 한 대도 얻어맞지 않는 액션 영화 속 영웅처럼 전혀 흔들리지 않고 늘 당당해요. 특히 자신이 가난뱅이로 전락했을 때 태도를 바꾸는 사람들에 대해서 말입니다. 자신을 괴롭히는 '강한 사람'들에게 더욱 강력하게 대응합니다. 세라는 교장민친 선생에게도 전혀 밀리지 않죠. 선생은 세라에게 하녀처럼지내야 한다고 통보한 뒤 말합니다.

고맙다는 인사도 안 해? 친절하게도 너한테 집을 마련해줬잖아.

세라의 답은 이랬습니다.

당신은 친절하지 않아요. 여긴 집도 아니고요.

민친 선생과 급우 중 못된 아이인 라비니아 패거리의 집요한괴롭힘에도 세라는 굽히지 않습니다.

반면 세라는 약한 자에겐 한없이 부드럽고 친절합니다. 세라가가난뱅이로 전락하기 전 겸손하고 친절하게 대해준 덕분에 하녀베키에게는 여전히 공주님 취급을 받고 많은 도움을 받습니다. 급우였던, 그러나 '왕따'였던 아멘가드와 꼬마 로티는 다락방으로 몰래 찾아오는 친구 손님들이지요. 심지어 쥐에게도 '멜키세덱'이란 이름을 붙여 친구처럼 지내기로 합니다.

세라는 하녀 생활을 하면서도 늘 더 어려운 사람을 도우려 합니다. 굶주렸지만 길에서 돈을 주워도 주인이 있는지 찾아보려하고, 그 돈으로 빵을 사서 먹으려다 길거리에 웅크리고 있는 거지 소녀에게 나눠주기도 합니다. 자신이 산 빵 여섯 개 중 다섯 개를 거지 소녀에게 주고 자신은 그 아이가 남긴 하나만 먹죠. 빵 가게 아주머니는 거지 소녀의 설명을 듣고 놀랍니다. 그리고 거지 소녀에게 말합니다.

> 그 애(세라)도 몹시 배고픈 것 같았는데 대체 왜 그랬을까? (…) 자기는 딱 하나만 먹었구나. 여섯 개라도 다 먹을 것 같던데…. 배고프면 언제든지 와서 빵을 달라고 해. 그 아이를 봐서라도 너한테 빵을 줘야겠구나.

세라의 이런 행동과 성격은 어디에서 온 것일까요? 정답은 없습니다. 다만 세라라는 인물에 집중하는 것은 좋은 글쓰기 방법 중 하나입니다.

 이렇게 써보면 어떨까?

세라 크루는 아주 독특한 인물이다. 세라는 아버지가 죽고 하녀 신세로 전락했지만 절대 굴복하지 않는다. 이것은 세라가 어릴 때부터 부족한 것 없이 살아온 결과일 수도 있다. 일순간 '약자'의 위치로 전락했지만 '강자'의 기질을 체득한 것은 아닐까. 시간을 거치며 다져진 그런 기질 말이다. 어쩌면 세라가 다른 독특한 성격을 지녀서가 아니라, 베키 같은 인물과 달리 상당 기간 왕실의 공주와도 같이 살면서 그에 맞도록 교육받아온 것에서 비롯된

당당함일지도 모른다.

세라는 자신도 약자 신세가 됐지만 자신보다 더 약한 사람에게는 민친 선생에게 하는 것과 다른 태도를 보인다. 표면적으로는 '친절함'이지만, 자신이 출신 성분이나 현재 위치 등에서 상대적 강자라는 인식이 깔려 있는 건 아닐까. 민친 선생에게 괴롭힘을 당하는 신분상의 슬픔을, 다른 약자에 대한 '강자 행세'를 통해 보상받으려는 것일 수도 있다.

한 뼘 더 '인물의 배경'으로 읽고 쓰기

《세라 이야기》를 자세히 보면 흥미로운 사실이 더 있습니다. 세라의 처지가 달라진 건 세라가 변했기 때문이 아니라는 점입니다. 세라는 원래부터 그런 성격의 소녀였습니다. 바뀐 것은 아버지의 흥망이지요. 아버지가 다이아몬드 광산의 주인일 때와 아버지가 죽음을 맞이한 파산한 사업가로 전락했을 때 학교에서 세라의 처지는 180도 달라집니다. 그것을 고스란히 보여주는 인물이 바로 민친 교장이죠. 이는 현실에서도 어느 정도 실제로 나타나는 풍경이기에 소설의 개연성(보편성)이 인정을 받았고 지금도 널리 읽히는 작품으로 남아 있을 겁니다.

반전이 일어난 것도 마찬가지입니다. 세라가 뭘 한 게 아니라 갑자기 세라 아버지의 동업자가 나타나죠. 크루 대위의 동업자 캐리스퍼드 씨가 다이아몬드 광산의 성공과 함께 세라의 후견인이 돼 등장하니 세라의 지위도 다시 달라집니다. 민친 선생의 태도도 돌변합니다.

크루 대위는 세라를 저에게 맡겼어요. 어른이 될 때까지는 제가 맡아야 합니다. 다시 특별 기숙생이 되면 돼요.

세라는 통쾌하게 거절했고, 아멜리아는 울면서 말하죠.

(세라는) 다 알고 있었어! 정말이야! 우리를 꿰뚫어보고 있었다고. (…) 우리 둘 다 천박하고 비열해서 자기 돈 앞에 무릎을 꿇고 엎드리다가, 돈이 없어지니까 자기에게 못되게 군다는 걸 다 알고 있었다고. (…) 이제 언니는 세라를 놓쳤어. 다른 학교가 세라와 그 아이의 돈을 받겠지. (…) 우리는 망해도 싸!

한국 영화 〈친구〉에 나온 "너거 아부지 뭐 하시노"라는 대사가 크게 유행한 적이 있습니다. 실제 어른들도 이 부분을 많이 신경 씁니다. 어떤 아이를 판단할 때 부모의 직업이나 환경을 하나의 기준으로 삼을 때가 있다는 현실을 완전히 무시하지 못하는 거죠. 당장 부모가 힘 좀 쓰는 사람이라고 하면 어른들도 신경 써서 대해주고, 반면 신통찮은 일을 하는 부모라면 아이도 푸대접을 받는 경우가 제법 있습니다.

민친 선생은 철저하게 사람을 그 사람의 배경으로 판단하는 인물이다. 세라의 보호자가 돈이 많을 때는 비굴할 정도로 친절하게 대해주는 인물이다. 그러나 세라의 보호자가 가난해지고 약자가 되자 함부로 대하고 괴롭힌다. 이는 비단 어른만의 행동은 아니다. 학교에서, 교실에서, 또 많은 곳에서, 우리 사이에서도 수없이 이런 일이 벌어진다. 부모의 직업으로 아이를 판단하거나, 친구가 어떤 집에서 사느냐로 가깝게 지낼지 말지를 결정하는 사람이 간혹 있다. 그런 점에서 민친 선생은 아주 특이한 사람이라기보다 보통의 사람이 가질 수 있는 선입견을 적나라하게 드러내는 사람일 것이다.

그러나 이런 선입견이 퍼져 있다고 해서 '옳은 태도'라고 받아들이기는 어렵다. 그 사람이 처한 환경이나 그가 가진 배경보다 그 사람 자체를 보고 판단하려고 노력해야 할 것 같다. 내가 어떻게 판단해왔는지, 주변 사람들을 앞으로 어떻게 판단할지가 중요하다. 이런 반성과 노력을 하지 않으면 나 또한 민친 선생과 다를 바 없는 사람일 것이기 때문이다.

05

세상을 바꾼 사과, 버리는 글쓰기 ────

《일리아드》

《일리아드》의 작가 호메로스는 고대 그리스의 대표적 서사시 《일리아드》와《오디세이》를 지어낸 작가로 알려져 있지만, 실존 인물인지는 논란이 있습니다. '호머 이야기'라는 제목으로도 출간된《일리아드》엔 여러분도 들어본 말이 많이 나옵니다. 이 작품에 등장하는 아킬레우스 에피소드는 우리 몸의 '아킬레스건' 이라는 이름으로 남았고, '트로이의 목마'라는 말도 유명하죠. 이는 《일리아드》가 수천 년 동안 살아 숨 쉬는 책이라는 뜻입니다.

　트로이의 왕자 파리스는 사랑의 여신 아프로디테의 도움을 받아, 그리스 한 도시국가의 왕비인 헬레네를 유혹해 함께 트로이로 도망갑니다. 이것이《일리아드》의 핵심 소재인 트로이 전쟁의 서막입니다. 그녀의 원래 남편인 메넬라오스의 형 아가멤논은 그리스의 '왕 중 왕' 격인 인물이죠. 그리스군은 트로이에 보복하고 헬레네를 되찾아오기 위해 트로이와 '10년 전쟁'을 불사하게 됩니다.

《일리아드》엔 그리스 신화 속 인물이 아주 많이 나와요. 그리스의 신들은 전투의 승패나 인간들의 운명에도 적극적으로 개입합니다. 신과 인간이 연결돼 있는 거죠. 즉《일리아드》는 트로이 전쟁과 등장인물의 희로애락 그리고 신들의 얘기나 인간과 신들의 관계 등을 다룬 대서사시입니다.

 돈, 권력, 명예 그리고 사랑, 나의 선택은?

《일리아드》줄거리의 핵심인 트로이 전쟁은 왜 발발했을까요? 다툼이 잦던 세 여신이 트로이의 왕자 파리스에게 황금사과를 주면서 말했어요. '가장 아름다운 신에게 사과를 건네라'고요. 제우스의 아내이자 권능의 여신 헤라의 제안은 이랬습니다.

> 만약 네가 그 사과를 내게 준다면, 네게 부귀를 안겨주는 동시에 세계의 모든 나라를 다스리게 해주겠다.

와우, 대단하지 않나요? '부와 권력'. 많은 사람이 이를 좇아 모든 걸 바치곤 하죠. 과연 신들의 신이라는 제우스의 아내답습니다. 그러자 제우스의 딸이자 전쟁의 여신 아테나는 이렇게 공약합니다.

나는 너를 영원히 이름을 남길 용맹한 영웅으로 만들어주겠다.

이것도 대단하지요. 호랑이는 죽어서 가죽을 남기고 사람은 죽어서 이름을 남긴다 했습니다. 이런 걸 우리는 '명예'라고 합니다. 영원히 남길 수 있는 명예로운 이름이라면 명예 중에서도 최고 수준이 되겠죠. 마지막으로 사랑의 여신인 아프로디테는 이런 약속을 합니다.

그 사과를 내게 다오. 그러면 세계에서 가장 아름다운 여자, 제우스의 딸이자 스파르타의 왕비인 헬레네를 너에게 주겠다.

'사랑'. 여러분도 이미 경험했을 수 있지만, 커갈수록 사랑은 더 중요하게 느껴집니다. 여러분이라면 부와 권력, 명예 그리고 사랑 중 무엇을 택할 건가요? 상상해볼 만한 대목입니다. 사람에 따라 각자 다른 선택을 할 겁니다. 《일리아드》에서 파리스는 사랑을 택했습니다. 스파르타의 왕비를 취했으니 그냥 넘어갈 일은 아니겠죠. 이 때문에 트로이 전쟁이 일어나게 됩니다.

죽음의 과정에 대해서도 생각하게 됩니다. 《일리아드》에서 주인공을 꼽으라면 단연 여신 테티스의 아들 아킬레우스죠. 그는 이미 '트로이를 멸망시킬 영웅'이라는 예언과 함께 태어났어요. 그리스군의 최고 장수로 출전했지만, 초반에 아가멤논과 불화가 생기면서 그는 오랜 기간 천막에 웅크리고 앉아 전투에 참여하지 않고 있었습니다. 그의 참전 여부가 이 긴 전쟁을 어떤 형태로든 끝낼 것이라는 걸, 《일리아드》의 긴 공방을 따라가는 독자들도 이미 눈치채고 있지요. 그리고 언제 그가 움직이는지 촉각을 곤두세웁니다.

마침내 아킬레우스의 절친한 친구 파트로클로스가 파리스의 형이자 트로이군의 실질적 사령관 격인 헥토르에 의해 전사하면서 그가 전장에 뛰어듭니다. 영웅의 출격! 예상대로 아킬레우스는 전장을 싹 쓸어버리죠. 마치 마블의 영웅들처럼 그를 당해낼 자는 지구상에 없는 듯합니다. 아킬레우스는 결국 헥토르까지 죽입니다.

아킬레우스가 가진 힘의 원천은 어느 강물에서 나옵니다. 어머니 테티스가 아기 아킬레우스를 스틱스강 물에 담급니다. 그 강물에 몸을 적시면 몸에 상처를 낼 수가 없는 '철갑 인간'이 됩니다. 도저히 죽일 수 없는 장수가 되는 거죠. 그러나 아킬레우스는 천하무적일까요? 그렇지 않아요. 테티스가 그를 강물에 담글 때 아킬레우스의 한쪽 발뒤꿈치를 잡았거든요. 몸 한 곳을 잡아야 아기를 들 수 있으니까요. 그래서 그 잡았던 뒤꿈치만큼은 강물에 적셔지지 않았던 겁니다. 아킬레우스는 정확히 여기에 파리스의 독화살을 맞고 죽습니다. 약점이 없는 인간은 없는 법이니까요.

긴 전쟁은 '트로이의 목마'에 숨어 들어간 그리스군의 승리로 막을 내리지만, 파리스의 선택과 아킬레우스의 죽음 등은 우리에게 강한 인상을 남기기에 충분합니다.

어떤 재료를 갖고 글을 쓸 때 대개는 모든 내용을 다 다룰 수 없습니다. 과감히 버리는 것도 글쓰기의 기본 전제입니다. '버림의 미학'이라고도 할 수 있지요. 앞에서 기나긴 트로이 전쟁의 과정은 거의 설명하지 않았어요. 첫 시작 부분인 사과 이야기와 마지막 부분인 아킬레우스의 죽음 정도만 다뤘습니다. 그래도 충분합니다. 다 담으려 하면 글이 산만해질 수 있거든요. '부분으로 전체를 만든다'는 쓰기 원칙은 꼭 기억해둬야 합니다. 꼭 어떤 작품 전체를 다 다뤄야 하는 건 아니니까요. 흥미로운 부분을 발견하면 그 부분을 집중적으로 파고들면 됩니다.

예를 들어 파리스의 사과 선택 부분을 더 들여다보기로 해요. 파리스의 사랑을 진짜 사랑이라고 할 수 있을까요? 우선 파리스는 아무런 노력 없이 황금사과를 얻어 여신 한 명의 무한한 도움을 받는 행운을 잡았습니다. 그리고 미인을 얻게 되죠. 그것은 진정한 사랑이 아닐 것입니다. 남녀의 사랑이란…. 무엇이라고 정의하기 참 어렵지만, 적어도 신의 도움을 받아 공짜로 얻는, 그런 것이 아니라는 것만큼은 분명합니다.

 이렇게 써보면 어떨까?

> 부와 권력, 명예, 사랑, 모두 사람들이 원하는 것이다. 선택하라라면 고민되지

앓을 수 없다. 또 무엇을 선택하더라도 이상할 게 없다. 그러므로 파리스가 사랑을 선택한 것은 문제가 아니다. 자신의 가치관에 따라 스스로 선택하면 될 문제다.

그러나 파리스와 헬레네의 이후 관계를 보면 서로 교감해서가 아니라 신의 도움을 받아 이뤄진 관계고, 따라서 진정한 사랑이라 할 수 없을 것이다. 신의 도움을 받아 헬레네도 파리스를 따르게 되지만, 상대방이 스스로 원치 않는 사랑을 강요하는 건 어쩌면 상대 이성에 대한 사랑이 아니라 일종의 폭력이다.

외모만 보고 남의 아내를 취했다는 점에서도 파리스의 진정성은 더욱 의심스럽다. 이런 것을 우리는 '비뚤어진 사랑'이라 한다. 차라리 파리스가 부와 권력이나 명예를 택했다면 다른 사람의 마음을 억지로 가지는 우는 범하지 않았을 것이다.

아킬레우스에 관해서도 집중적으로 써볼 수 있을 것 같습니다. 우리 몸 뒤꿈치 쪽 근육 부위를 '아킬레스건'이라고 하는 것도 《일리아드》에서 나온 용어입니다. 강물에 담그지 못해 약점이 된 그 부위 말입니다. 실제로 아킬레스건은 끊어지면 회복하기 어렵습니다. 해부학적 의미를 떠나, 아킬레스건은 언뜻 잘 보이지 않지만 누구나 갖고 있을 수밖에 없는 치명적 약점을 뜻하는 말이 됐습니다.

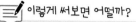

> 누구에게나 약점은 있다. 그러나 아킬레우스는 자만심에 빠지고 말았다. 헥토르를 죽인 뒤 그를 전차에 매달아 질질 끌고 다니기까지 한다. 그러다 아킬레우스는 아킬레스건에 독화살을 맞아 쓰러지고 말았다.
>
> 아무리 완벽해 보여도 다른 사람은 알지 못하는, 심지어 자신조차 깨닫지 못하는 약점이 분명 있다. 그 약점은 자만심이 극에 달해 적이 많이 생겼을 때 반드시 드러나는 법이다. 자만하는 사람은 꺾기를 원하는 사람, 즉 적들을 만들어내고, 그 적들은 자만하는 사람의 약점을 알아내려고 하기 때문이다.
>
> 아킬레우스와 아킬레스건은 아무리 재능이 많은 사람이라도 겸손한 자세를 갖춰야 한다는 점을 잘 보여준다.

'버림의 미학'이라고 표현했지만, 반대로 얘기하면 '선택의 미학'이기도 합니다. 모든 재료를 다 글로 소화할 수는 없기에, 집중적으로 다룰 만한 내용을 골라내는 건 글쓰기에서 필수적인 요소입니다.

한뼘더 '격언'으로 읽고 쓰기

이런 수수께끼가 있습니다. '세상을 바꾼 사과 네 개가 있다. 무엇일까?' 답은 이렇습니다. 아담과 이브를 에덴동산에서 쫓겨나게 한 사과, 윌리엄 텔(빌헬름 텔)이 아들의 머리 위에 놓고 화살을 적중시킨 사과, 뉴턴이 만유인력 법칙의 영감을 얻은 사과…. 그리고 마지막 사과는 트로이 전쟁의 원인이 된 황금사과라는 겁니다.

격언이나 속담 등을 잘 활용하면 좋은 문장이나 글을 만들어낼 수 있습니다. 실제로 잘 쓴 칼럼 등을 보면 이런 인용과 비유를 잘한 경우가 많습니다. 격언이나 세간에 떠도는 얘기 등을 현실 문제와 연결하는 것이죠.

네 개의 사과 얘기를 하니 한 유명 기업의 로고가 떠오릅니다. 이 기업은 현대 사회에 아주 중요한 변화를 가져온 회사이므로 그 회사를 세운 주인공을 충분히 글로 다룰 만합니다. 다만 관점은 글을 쓰는 사람마다 다르겠지요. 다음은 스마트폰에 대한 다소 비판적인 견해를 예시한 것입니다.

 이렇게 써보면 어떨까?

세상을 바꾼 사과 네 개가 있다고 한다. 아담과 이브를 에덴동산에서 쫓겨나게 한 사과, 윌리엄 텔이 아들의 머리 위에 놓고 화살을 적중시킨 사과, 뉴턴이 만유인력 법칙의 영감을 얻은 사과, 그리고 마지막 사과는 트로이 전쟁의 원인이 된 황금사과라는 것이다.

지금은 '다섯 개의 사과'라고 말할 수 있을 것 같다. 손안의 네트워크를 만든 사과, 미국 기업 애플 얘기다. 애플의 이 작은 스마트폰은 우리 삶을 완전히 바꿔놓았다. 이것은 우리에게 부와 권력 또는 명예, 사랑 중 어떤 것을 주고 있을까?

파리스가 여신들과 나눈 사과는 '아름다운 여인'이라는 눈앞의 보상으로 돌아왔으나, 조국의 파멸이라는 비극적 운명으로 결국 연결되고 말았다. 그렇다면 최신 '스마트 사과'의 등장이 낳을 결과는? 알 수 없다. 다만 파리스의 형 헥토르가 파리스의 황금사과 선택을 꾸짖은 말은 이랬다.

"왜 너 같은 녀석이 저 아름다운 젊은 여인을 그의 남편으로부터 빼앗아왔단 말이냐? 전쟁의 화근이 된 여자를! 모든 백성에게 이 무슨 불행이란 말이냐!"

여러분 또래에 '읽기'의 대표적인 대상은 책입니다. 그러나 꼭 책만 읽는 건 아니죠. 스마트폰이나 영화, 드라마, 뉴스 등도 분명 여러분에게 좋은 볼거리가 됩니다. 여기에서 얻을 수 있는 지식도 많고, 이런 영상을 보면서 '생각하는 힘'을 기를 수도 있겠지요. 특히 TV나 신문에 나오는 뉴스는 여러분이 자주 접할 수 있어 그야말로 '힙하게' 보고 생각하는 과정이 필요합니다.

4부에서는 이러한 영상미디어를 어떻게 볼 것인지, 또 글쓰기로는 어떻게 연결할 수 있을지 함께 얘기해볼까 합니다.

4부

미디어로
보고 쓰기

여성주의, 그 아슬아슬한 동거 ────────

<인턴>

2015년에 개봉한 영화 〈인턴〉은 한 온라인 쇼핑몰의 창업자이자 젊은 CEO인 줄스(앤 해서웨이 분)와 70세 인턴사원 벤(로버트 드니로 분)이 같은 회사에서 겪는 일을 그립니다.

줄스는 창업 1년 반 만에 직원 216명 급으로 회사를 키워낸 30세의 여성 경영인입니다. 벤은 이미 은퇴했지만, 6주 동안 의무적으로 장년층을 인턴으로 고용해야 하는 지역사회의 '시니어 인턴 프로그램'을 통해 줄스의 회사에 들어와요. 줄스는 처음엔 벤에게 부담을 느껴 그를 다른 부서로 보내버리기도 하지만, 그의 따스함이 진심임을 금세 알아채고 다시 함께 일하게 되죠.

줄스는 고민 중입니다. 바쁜 회사 일로 가정이 엉망이 돼버리는 건 아닐까, 전업주부인 남편이 지쳐버린 건 아닐까, 그걸 막기 위해 회사에 CEO를 따로 고용해야 하는 건 아닐까? 그런 줄스를 벤이 지켜보며 조언합니다. 성별도, 세대도 다른 이들이 함께 일

여성주의, 그 아슬아슬한 동거

하며 소통하고 교감할 수 있을까요?

이 작품은 여성주의자feminist로 알려진 낸시 메이어스 감독이 연출했습니다. 한 세대 이상 나이 차이가 나는 줄스와 벤의 대화와 에피소드를 통해 남녀와 세대 그리고 일과 사랑, 가족 등에 대해 생각해볼 수 있는 영화입니다.

 신사와 여성의 화해

〈인턴〉에는 묘한 부조화가 등장합니다. 전통적 의미에서 남성성을 지닌 '신사'와 가정 및 회사에서 주도권을 가진 현대적 '여성'이 벤과 줄스라는 이름으로 만나는 것이지요.

먼저 줄스를 볼까요. 그녀의 가정엔 고정관념 속 남녀의 역할이 바뀐 부부가 있어요. 처음엔 맞벌이였지만, 남편 매트가 잘나가던 회사 일을 접었죠. 줄스가 더 능력이 있다고 판단했기에 양보하고 자신이 전업주부 역할을 맡기로 한 것입니다. 그러다 매트는 동네 아줌마와 바람을 피우고 맙니다. 이 사실은 줄스가 매트의 문자메시지를 우연히 보고 알아차리죠. 줄스는 벤에게 "CEO 일을 그만두고 가정으로 돌아가야 할까"라고 호소합니다.

이는 전형적인 과거 영화 속 남녀의 성性 역할을 뒤바꿔놓은 설정입니다. 남편이 일하러 나갑니다. 그리고 성공하죠. 사업은 날로 번창합니다. 그러나 그의 아내는 남편의 친구 또는 다른 어떤 사람과 바람을 피우게 되죠. 남편은 일에 바빠 아내에게 무관심했고, 아내는 아이를 돌보고 살림을 하느라 지쳐가는 가운데 다른 남자는 아내에게 자상했고 늘 함께해줬거든요. 아내의 불륜을 알아챈 남편은 말합니다. "아! 내가 잘못한 건가. 여자를 제대로 간수하지 못한 내가 말이야…."

여기엔 '일하는 남자, 홀로 외로워하는 여자, 일과 여자 중 선택해야 하는 남자, 그에 따라오는 여자' 등 남녀에 대한 고정적인 성 역할 개념이 숨어 있습니다. 액션 영화에서 늘 납치되거나 인질로 잡혀 민폐만 끼치다 막판에 구출돼 주인공 남성과 더 깊은 사랑에 빠지는 미모의 여자 주인공처럼 말입니다.

〈인턴〉의 줄스 부부는 역할 자체가 정반대죠. 이런 부분만 있다면 이 영화는 아주 전형성을 갖춘 여성주의 영화라고 할 수 있을지도 모르겠습니다. 남녀만 바꿔놓은, 일종의 짓궂은 미러링이라고나 할까요. 그러나 〈인턴〉에는 벤이 있죠. 그는 70세의 노신사입니다. '신사'의 개념엔 이미 여성주의가 거부하는 그런 이미지가 들어 있지요. 남성이 특별한 위치에 있음을 뜻하곤 하기 때문입니다. 반대말이 '숙녀' 정도인데, 여기엔 정숙함과 순종의 성향등이 숨어 있으니, 전통적으로 '신사, 숙녀'는 여성주의가 반길 만한 단어는 아닐 겁니다.

그러나 이 영화에선 전혀 그렇지 않게 그려집니다. 여성을 잘 배려하는 벤은 편안함을 줍니다. 줄스는 처음으로 남(벤)이 운전하는 차에서 잠이 들기도 해요.

어른과 어른다운 대화를 나눠서 즐거웠어요.

줄스는 벤에게 이렇게 말합니다. 또 다른 남자 사원들에게도 웅변하죠.

전 가끔 사회에서 남자 역할은 뭔가 궁금했어요. 아직도 설 자리를 찾는 것 같아요. 아직도 어린 소년처럼 옷을 입고요. 비디오 게임을 하고요. 한 세대 만에 잭 니컬슨, 해리슨 포드 같은 남자들에서 어떻게 이런 남자(회사 동료)들로…. 여기 벤을 봐요. 멸종 위기에 처한 것 같아요. 보고 배워요. 멋짐의 표본이니까요.

줄스는 벤에게서 '진짜 남자', 남성성을 느낍니다. 그리고 그것을 열렬히 환영합니다. 벤 또한 열린 태도로 현대 여성의 역할 변화를 적극 지지합니다. 양측은 화해하고 있습니다. 이것이 이 영화 전반에 여성주의가 흐르면서도 내내 따뜻함이 느껴지는 핵심적인 이유이기도 합니다.

핫하게 쓰기 소품에 주목해보세요

책이 상상하게 만든다면, 영상은 직접적으로 시각적 메시지를 전달합니다. 영상미디어에 관한 글을 쓸 땐 직접 볼 수 있는, 그러면서도 주제 의식을 잘 표현해줄 수 있는 뭔가를 찾아 소재로 삼는 방법이 있습니다. 예를 들어 영화에 나오는 소품이 상징하는 것을 찾아보는 것도 좋은 방법이 됩니다.

〈인턴〉에서는 노신사 벤을 상징하는 소품이 하나 있죠. 물론 그는 말쑥한 정장에 넥타이를 매고, 매일 면도를 합니다. 또 회사에서 마사지를 맡고 있는 피오나와 사랑에 빠지기도 하죠. 이 모든 게 신사의 모습을 잘 나타냅니다. 그러나 그가 갖고 다니는 손수건만큼 벤을 상징하는 물건도 없습니다. 벤과 함께 지내게 된 젊은 동료 데이비스가 방을 구경하다가 손수건이 가득 든 옷장을 보고 묻습니다.

"손수건은 어디에 써요?"
"필수용품이야. 그걸 자네 세대가 모른다는 건 거의 범죄에 가까워. 손수건을 갖고 다니는 가장 큰 이유는 빌려주기 위해서야. 여자들이 울거든. 데이비스, 그래서 갖고 다니는 거야. 예의 바른 시대의 마지막 흔적이지."

여자의 눈물이라니. 자칫 마초로 몰리기 쉬운 생각 같지만, 실제 활용을 보면 아주 진정성 있는 물건입니다. 회사 직원 중 베키를 좋아하는 제이슨에게, 울고 있는 베키를 달래주라며 손수건을 슬쩍 건네주는 장면이 나옵니다. 벤은 토하고 있는 줄스에게도 손수건을 건넵니다. 줄스로부터도 신사다움의 소품으로서 손수건을 인정받죠.

 이렇게 써보면 어떨까?

> "여자는 운다. 그녀에게 빌려주는 게 손수건이다."
>
> 자칫 이 말은 오해를 살 수 있지만, 〈인턴〉에서는 오해가 없다. 있는 그대로,
> 남녀가 서로를 받아들인다. 여자는 울 때가 있고, 남자는 손수건을 내밀 수
> 있다. 이것은 여성주의가 남성에 대한 편견을 갖고 있지 않음을 상징하며,
> 손수건이 오가는 순간은 양측이 진심으로 서로를 이해하고 따뜻함을 주고받
> 을 수 있는 시간이 일상 속에서 이어질 수 있음을 보여준다.

벤과 줄스는 샌프란시스코로 함께 출장을 갑니다. 화재 경보음이 잘못 울리는 바람에 두 사람은 함께 침대에 앉게 되죠. 줄스는 바람을 피우는 남편 얘기를 하며 눈물을 펑펑 쏟습니다. 이때 벤에게는 손수건이 없습니다.

하필 손수건이 없을 때 우네요.

손수건이 하필 없다고 했지만, 벤이 그 순간에도 손수건을 갖고 있다가 내미는 장면으로 연출할 수도 있었을 겁니다. 하지만 감독의 의도 없는 연출은 없습니다. 왜 손수건이 없었을까요?

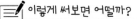

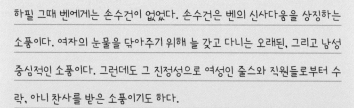

하필 그때 벤에게는 손수건이 없었다. 손수건은 벤의 신사다움을 상징하는 소품이다. 여자의 눈물을 닦아주기 위해 늘 갖고 다니는 오래된, 그리고 남성 중심적인 소품이다. 그런데도 그 진정성으로 여성인 줄스와 직원들로부터 수락, 아니 찬사를 받은 소품이기도 하다.

그 손수건이 없었다. 여행 갈 때 자신의 가운까지 들고 다니는 벤인데 말이다. 그것은 벤이 그 순간 '신사'로서의 벤이 아니란 뜻이었을 것이다. 줄스는 울고 있었고, 벤도 마음으로 함께 울었다. 그 마음의 눈물은 줄스가 잠든 뒤 영화를 보며 실제 벤의 뺨을 타고 흘러내리기도 한다.

두 사람은 '사람'과 '사람'으로 마주했다. '손수건의 부재'는 남성과 여성 이전에 존재하는 우리의 인간성을 표현한 것일지도 모른다.

한 뼘 더 '계급'으로 보고 쓰기

〈인턴〉에는 30세 여성과 70대 남성이 주연으로 등장합니다. 그 사이엔 시간이란 장벽이 있지요. 그것은 벤의 이력이 잘 보여줍니다.

> 은퇴 전 덱스원 부사장이었어요. 나는 사실 여기 부사장이었어요. (…) 여기서 거의 40년 동안 일했어요. 20년 넘게 바로 저 창 옆에

앉아서 일했어요. 내 사무실이었어요. 그땐 공장을 한눈에 내려다 볼 수 있게 약간 높았어요. 인쇄 기계는 저 코너에 있었고요. (…) 건물 뒤쪽에 있는 단풍나무 알아요? 그 나무를 심은 날을 기억해요.

스마트 네트워크 세상이 되면서 사라진 것이 제법 많죠. 하필이면 벤이 근무했던 회사는 지금은 없어져버린 대표적 물건인 전화번호부를 만들던 회사였습니다. 그리고 그 회사가 있던 자리에 줄스의 회사가 들어서 있죠. 그야말로 벤은 '과거' 그 자체인 셈입니다.

그런데 흥미로운 것은 벤의 신분입니다. 당시 그는 부사장까지 맡아 창가 자리에서 공장 운영을 지휘했습니다. 그러나 지금은? 온라인 쇼핑몰 업체의 '인턴' 사원입니다. 전화번호부 회사의 중역, 온라인 쇼핑몰 업체의 인턴. 이것은 우연히 나온 설정이 아닙니다. 앞서 말했듯 영화의 모든 장면은 철저히 연출된 것입니다.

벤이 인턴 공고를 보지 못했을 땐 그저 하루가 지나가길 기다리는 신세였습니다. 아침 7시 15분이면 커피숍에 괜스레 나가서 아직 '사회의 구성원'이란 걸 느끼려 했죠. 그러다 인턴 지원을 합니다. USB가 뭔지 몰라 아홉 살 손녀에게 물어서 지원 영상을 겨우 만들었죠.

예전 부사장이던 벤이 새 시대에 가질 수 있는 직위의 상한선이 '인턴'이라고 한다면 너무할까요. 벤의 회사와 계급의 변화가 상징하는 부분도 좋은 글감이 될 듯합니다.

✎ 이렇게 써보면 어떨까?

벤은 전화번호부 제조사의 부사장이었다. 요즘은 전화번호부를 쓰는 사람이 없다. 대신 스마트폰에 전화번호를 저장하고 온라인 검색으로 전화번호를 찾는다. 지금은 스마트폰으로 거의 모든 것을 한다. 줄스가 운영하는 온라인 쇼핑몰 같은 업체에 '로그인'해서 곧바로 주문도 한다. 세상이 변해버렸다. 벤이 설 자리는 있을까?

그는 이제 온라인 쇼핑몰에서 일한다. 부사장이나 사장 급이 아니라, 인턴사원이 된 것이다. 경륜으로 회사에 보탬이 되기도 하지만, SNS 사용법까지 새로운 플랫폼에 대해서 그는 처음부터 전부 다 배워야 한다.

완벽한 시대의 변화이자 세대교체다. 스마트 세대는 CEO를 맡는다. 전화번호부 세대는 인턴으로 근무한다. 지금 CEO를 맡고 있는 줄스가 40년 후엔 어떤 회사의 인턴으로 출근하고 있을지, 아직은 알 수 없다. 아마 그때는 또 다른 세상일 것이다. 누군가, 미래의 CEO가 나이 든 줄스를 보며 말할 것이다. "당신 같은 진짜 여자들은 도대체 어디로 사라진 걸까요?"

02 혹 우리가 좀비는 아닌가

<#살아 있다>

서울 한복판이 좀비 세상으로 변합니다. 준우(유아인 분)는 집에 혼자 고립돼 생존을 이어가죠. 모든 통신이 끊기고 식량도 얼마 남지 않았습니다. 가장 힘든 순간 아파트 맞은편 동에 누군가 비슷하게 생존 중인 사람이 있다는 걸 알게 됩니다. 유빈(박신혜 분)이었어요. 두 사람은 식량을 나누고 무전기로 교신하다, 마침내 힘을 합쳐 안전지대로 탈출하기로 합니다.

특정한 바이러스에 감염돼 흉측한 모습으로 변한 뒤 잘 죽지도 않고 인간이나 동물을 공격해 잡아먹는, 그리고 그들에게 물리면 그들처럼 변하는 좀비는 서양에서 만들어져 각종 작품에서 소재로 사용되고 있습니다. 우리나라에서도 영화 〈부산행〉이나 최근의 유료 플랫폼 드라마 〈킹덤〉 같은 좀비물이 만들어졌습니다.

2020년 개봉한 한국 영화 〈#살아 있다〉는 흥미로운 오락물로 꼽히면서도 이야기 전개가 좀 아쉽다는 평도 받아요. 물론 본격

160

4부 미디어로 보고 쓰기

적인 좀비물, 예를 들어 미국 드라마 〈워킹데드〉만큼 좀비 세상을 치밀하게 묘사하지는 못합니다. 그러나 이 작품이 코로나 유행 중 개봉한 좀비물이면서 청소년 관람가 등급이란 점은 고려할 만합니다. 〈#살아 있다〉는 좀 덜 자극적인 수준에서 특정한 세상을 관찰하고 우리 삶에 관해 생각해볼 만한 지렛대가 될 수 있습니다.

은둔 사회, 좀비 세상과 코로나 세상

완벽하게 고립된 세상. 준우는 밖으로 나갈 수가 없습니다. 나갔다간 좀비에게 물려 자신도 감염이 되고 말 테니까요. 집에서 혼자 생존해야 합니다.

그런데 인간은 공동체를 이뤄 살아가는 존재입니다. 모두 농사를 지어 식량을 생산할 필요는 없죠. 누군가는 농사를 짓고, 누군가는 옷을 만들며, 누군가는 발전소와 전기를 만들어냅니다. 각각 생산한 결과물은 거래되죠. 처음엔 물물교환을 하다가, 나중엔 화폐라는 수단을 통해 손쉽게 거래할 수 있게 됐죠. 화폐는 보이는 지폐나 동전에서 이제는 보이지 않는 온라인 금융이나 가상화폐도 있습니다. 지금 세상에선 온라인 결제까지 가능하죠.

그러나 〈#살아 있다〉는 다시, 인간의 개별적 생존을 묻습니다. '고립된 인간에게 필요한 건 무엇인가?'

온라인 게임을 즐기던 준우는 전기와 통신이 끊기자 아무것도 할 수 없습니다. 식당에 가거나 배달 음식을 시킬 수도 없어요. 일상에서 누리던 서비스가 한꺼번에 사라집니다. 이제 준우에게, 또 유빈에게 가장 중요한 건 물과 식량입니다. 비가 오면 창문 밖에 그릇을 내밀어 빗물을 받는 게 가장 중요한 일과입니다. 식량은 제한적이죠. 그나마 유빈처럼 집에 음식 재고가 많으면 오래 버틸 수 있지만, 준우처럼 상대적으로 적으면 옆집에라도 잽싸게 가서 음식을 구해 와야 생존할 수 있어요.

생존에 필요한 것은 필수적인 정도 순으로 공기, 물, 음식을 꼽을 수 있어요. 다행히 좀비 바이러스는 공기로는 전파되지 않으니 물과 음식만이 꼭 필요한 물품입니다. 이곳에서의 삶엔 멋진 차도, 패션도 필요 없어요. 좀비 세상에서 인간의 삶과 생존 조건은 그 본모습을 드러냅니다.

우리도 현재 비슷한 일을 겪고 있습니다. 코로나19 유행으로 사람들은 고립됐어요. 공기 중 비말 전파가 되는 이 바이러스의 특성상 모두 마스크를 쓰고 다닙니다. 준우가 현관문을 막아놓은 냉장고는 우리가 바이러스 비말이 섞여 있을지도 모를 공기를 마시지 않기 위해 입을 가리는 마스크와 다름없습니다.

지금은 상황이 좀 나아졌지만, 코로나19가 처음 확산할 때는 식량이 될 만한 물품이 동이 나기도 했습니다. 또 적잖은 회사가 재택 온라인 근무제를 실시했습니다. 학교도 아직 정상적으로 운영되지는 않고 있습니다. 학교에 가지 못하는 날도 있고 점심시간도 짧아졌으며 온라인 수업으로 대체하는 일이 많아졌죠.

그런데 이런 흐름은 사실 스마트 세상으로 바뀌면서 이미 진행 중이었습니다. 밖으로 나갈 수 없는 게 아니라, 밖으로 나갈 필요가 없는 세상이 되고 있었어요. 사람들끼리 온라인으로 연결되면서 근무나 식사 주문, 심지어 각종 교육(특히 사교육) 등 네트워크로 대체할 수 있는 게 많아지고 있었습니다. 이런 흐름이 최근의 코로나19를 만나 폭발적으로 가속화하고 있습니다. '생존'과 '네트워크'가 만나 핵융합을 일으키는 모양새입니다. 의료계 등의 전문가들은 적어도 2~3년 이상 코로나19가 지속될 것으로 봅니다. 이 기간 동안 인간 사회의 모습은 얼마나 바뀔까요?

　　인간 사회에서는 활달하고 사교성이 높은 사람이 인기를 얻어 왔습니다. 이런 사람은 학생 때는 교우 관계가 좋고 나중에 어른이 되면 업무를 위한 인적 네트워크가 좋아 직장에서 선호하는 경우가 많지요. 그러나 이제는 '은둔형 인간'이 뜰지도 몰라요. 즉 '최대한 밖에 나가지 않고 뭐든 잘 해결할 수 있는 사람'이 그 진가를 발휘할 날이 오고 있을지도 모르지요. 이젠 사람들끼리 만나는 게 민폐인 세상이 펼쳐졌으니, 오히려 혼자 지내기를 좋아하면서도 그 와중에 부가가치를 창출해내는 사람이 최고 아닐까요? 당장 대면 사업이 위축되고 비대면 사업이 급성장하는 걸 보면 이런 예상이 꼭 과장된 것만은 아닐 겁니다.

　　세상의 질서는 재창조되고 있어요. 둘 중 하나여야 할 겁니다. 생존에 꼭 필요한 일을 직접 하는 농부 같은 사람(필수 노동자)이 되거나, 아니면 은둔형 인간이 되거나. 그런 세상이 즐거울지는 잘 모르겠지만 말입니다.

 상대성에 주목해보세요

여러분은 좀비가 징그럽고 싫겠죠? 그러나 그것은 상대적인 느낌일 수 있어요. 사람들은 자신이 익숙하다고 생각하는 걸 정상이라고 느낍니다. 그래서 앞서 다뤘던 소설 《원더》의 어거스트처럼 조금 다르게 생긴 사람이거나 아니면 피부색이 다른 사람도 나쁜 시선의 대상이 될 수 있습니다. 또 외국인이 보는 한 나라의 '좋은 외모'란 것은 그 나라 사람들의 시선과 다른 경우도 많아요.

사회·문화적 차이도 '혐오'의 대상이 되죠. 우리가 산낙지 먹는 걸 보면 외국인은 기겁합니다. 우리도 어느 해외 부족이 애벌레를 생으로 먹는 걸 그리 달가워하지 않아요. 이렇게 다른 문화적 행동을 하는 이들을 보면서 혐오스럽고 수준 이하의 존재로 낮춰보는 일이 꽤 있습니다.

'다름'을 '틀림'으로 간주하는 사례는 많아요. 〈#살아 있다〉를 비롯한 좀비물은 사실 마음 깊숙한 곳에 있는 혐오를 합법적으로 표출하기 위해 그 대상을 설정해놓으려는 장르라고도 할 수 있습니다. 역사적 사실, 실제 존재하는 집단으로 대결 구도를 만들면 한계가 있을 수밖에 없겠죠. 가령 흑인이 지배하는 세상? 그래서 우리가 위협받는 세상? 이런 작품은 곧바로 차별이나 혐오 논란으로 방영조차 될 수 없을 겁니다.

마음 놓고 혐오할 수 있는 대상, 퇴치하고 섬멸하면 박수를 받을 수 있는 대상…. 그런 존재로서 좀비가 탄생한 것으로 볼 수 있겠죠. 바꿔 말하면 좀비가 받아주도록 설정된, 우리 마음속의 혐오에 주목해볼 필요가 있습니다. 유빈은 말하지요.

난 사람 손을 자른 적 없어요. 저것들은 사람이 아니에요.

나치 독일은 유대인을 좀비 바라보듯 했죠. 하지만 이는 혐오하는 자의 자기들만의 규정일 뿐, 혐오를 받는 자가 그 구분에 과연 동의할까요? 〈#살아 있다〉를 보며, '다른 존재'에 대한 사람들의 내적 공격성을 글로 다뤄볼 수 있는 이유입니다.

✍️ 이렇게 써보면 어떨까?

우리는 준우와 유빈과 함께 도심의 좀비를 본다. 그들의 징그러운 외모를 보고, 그들이 사람을 포함해 살아 있는 동물의 날고기를 먹는 장면을 얼굴을 찌푸리며 본다. 물론 인간의 희생을 목격하는 우리의 분노와 슬픔은 당연하다. 그러나 좀비의 생김새와 걸음걸이 자체에서도 우리가 불쾌함을 느끼는 건 사실이다.

그 불쾌함은 불편함에서 비롯된다. 좀비와 우리는 다르기 때문이다. 좀비가 사람을 먹이로 생각하고 공격하기에 우리 또한 그들을 죽여 나가는 주인공들에게 공감하지만, 사자가 영양을 사냥하는 것이 죄가 아니듯, 좀비 역시 특별히 죄를 짓고 있다고 단정할 수는 없을 것이다. 그것이 그들의 생존법이므로.

좀비가 준우와 유빈을 사냥하려 하지 않는다고 해도 과연 이들 모두가 아파트 단지에서 평화롭게 공존할 수 있을까? 또 군부대의 공격용 헬기가 이들에게 기총 사격을 하지 않을까? <#살아 있다>는 우리 이면에 존재하는 낯선 것에 대한 불편함, 또 그로 인한 공격성, '방어'라는 단어를 사용해 공격성을 정당화하려는 습성, 다른 생명체에 관한 인간의 '종의 오만' 등에 대해 생각하게 만든다.

인간의 진화와 지향점이라는 면에서도 살펴볼 부분이 있습니다. 원숭이를 닮은 것 같은 오스트랄로피테쿠스에서 우리는 호모 사피엔스로 진화했습니다. 만에 하나, 우리가 오스트랄로피테쿠스를 만난다면 우리는 그 생명체를 죽이거나 포획하려 할지도 모릅니다. 반대로 오스트랄로피테쿠스 역시 우리를 외모나 위험성 면에서 좀비처럼 낯설고 징그러우며 두려운 존재로 볼 수도 있겠지요. 우리는 그들 앞에서 서성거리고 있었을 겁니다. 그들이 보기엔 말이죠.

인류는 진화를 거듭했습니다. 그 가장 큰 특징은 인간의 뇌 용량이 커지고 지능이 높아진 것이겠죠. 반면 직립 보행 등의 움직임은 채집과 수렵에 덜 적합한 형태로 바뀌었을 가능성이 큽니다.

반면 좀비는 움직임이 부자연스럽고(적어도 우리가 보기엔) 언어 능력 등 적어도 뇌의 일부 기능은 적어진 것으로 그려지는데요. 하지만 생명을 유지하는 능력은 탁월해진 존재입니다. 어지간한 곳을 다쳐도 죽지 않죠. 이것은 인류학적 퇴보일까요, 진보일까요? 이들의 거의 죽지 않는 삶은 진정 우리가 원하던 삶일까요? 그러면 행복할까요?

 이렇게 써보면 어떨까?

사람들은 오래 살기를 원한다. 사고로 다쳐도 죽지 않기를 바란다. 병에 걸리거나 노화 현상으로 죽음을 맞지 않으려 한다. 수많은 과학자가 이런 바이오 기술 획득에 매달린다. 종족 유지나 확대의 차원이 아닌, '나의 영생'을 꿈꾸는 게 인간이다.

그런데 〈#살아 있다〉에 나오는 좀비야말로 사실상 영원한 생명을 얻은 존재다. 번식 능력은 없는 것으로 묘사되지만 자신은 어지간한 부상에도 죽지 않고 병에도 걸리지 않는다. 그러나 좀비 사회가 행복해 보이지는 않는다. 이들은 아파트 주차장과 계단을 어슬렁거리며 먹이가 있는지 신경 쓸 뿐이다. 우리가 생각해온 '인간다움'은 사라져버렸다.

좀비 사회는 묻고 있는 듯하다. 수명 연장을 위한 우리의 노력이 어떤 결과로 이어질지, 그게 과연 우리를 행복하게 만들어줄지를. 모두 욕망하는 '죽지 않음'이 어떤 것인지, 좀비는 꼬집고 있는 듯하다.

혹 우리가 좀비는 아닌가

분명한 것이 하나 있습니다. 영화 속 준우와 유빈은 답답하고 불안한 삶을 살지만, 좀비 세상의 하늘은 맑고 푸를 거라는 점입니다.

지금 코로나19가 전 세계를 휩쓸고 있습니다. 사람들은 반격리 상태에 빠졌죠. 다들 나들이도 포기하고 집으로 숨어들었어요. 인간은 불편해졌지만, 역설적으로 자연이 살아나고 있어요. 2020년 가을 하늘은 맑고 푸르렀습니다. 미세먼지에 시달리다가 얼마 만인지 모르겠습니다. 공장 가동률이 줄어들었기 때문이라고 어렵지 않게 유추해볼 수 있겠지요.

코로나19로 세계적인 불황이 왔습니다. 이는 인간의 생산 활동 축소를 의미하죠. 그런데 푸른 하늘이 당장 우리 눈앞에 펼쳐집니다. 동물도 돌아왔습니다. 해외 바닷가엔 물범이 올라와 휴식을 취하고, 사슴이 텅 빈 도로를 달리는 모습도 포착됐지요. 바로 '코로나의 역설'이라고 불리는 현상인데요, 뉴스에도 많이 나옵니다. 인간이 활동을 멈추니 오랜만에 지구가 살아납니다.

인간이 평소에 얼마나 지구 환경과 동물을 방해하며 살아왔는지 알 수 있습니다. 코로나19가 없었던 때를 돌아봅니다. 그렇게까지 공장을 돌리고 자연을 훼손해야만 우리가 생존할 수 있는 걸까요? 지금 이 코로나 시대에 인류는 정말 생존을 위협받고 있는 걸까요?

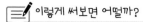

영화 〈#살아 있다〉에는 원인 모를 바이러스에 감염된 좀비들이 나온다. 수도권에서만 5만 명이 감염된 것으로 설정된다. 이에 따라 인간의 활동은 잦아들었고 주인공들은 집에서 숨죽이고 있을 뿐이다.

이는 최근 국내외에 퍼진 코로나19 바이러스를 연상케 한다. 현실 사회에서 인간은 바이러스에 밀려 활동을 멈췄다. 실제 세계 시장에서는 경제학에서 말하는 소비 위축과 생산 감소 등 경기 후퇴가 벌어졌고, 특히 고립 생활을 강요당하면서 많은 이들이 고통을 호소하고 있다.

그러나 인간이 이렇게 활동을 멈추자 지구가 살아났다. 공기는 맑아지고 동물 활동은 활발해졌다. 좀비 바이러스와 코로나19 바이러스는 사람들을 멈춰 세웠지만, 정작 인간이 숨어들고 활동을 멈추니 인간을 제외한 모든 생명체와 자연 환경이 활기를 띤다.

대체 어찌 된 일일까? 또 누가 바이러스인가? 인간에게 해를 끼치는 바이러스가 진짜 바이러스일까, 지구 전체에 해를 끼치는 인간이 지구를 병들게 하는 바이러스일까? 〈#살아 있다〉를 보며, 또 코로나를 떠올리며, 우리 자신을 진지하게 돌아볼 때다.

03 엿보기와 '일망감시 체계'

<나의 아저씨>

<나의 아저씨>는 2018년 국내의 한 TV 채널에서 방영된 16부작 드라마입니다. 박동훈(이선균 분)은 건축 구조기술사로, 대학 후배 도준영(김영민 분)이 대표이사인 회사에서 좌천된 후에도 버티고 있는 직장인(부장)입니다. 드라마의 중간쯤 밝혀지지만, 도준영은 동훈의 아내와 몰래 만나고 있어 박동훈을 더 힘들게 하는 인물이죠.

이 회사에 '알바'처럼 일하는 파견직 이지안(아이유 분)이 들어옵니다. 이지안은 몸을 제대로 움직이지 못하는 할머니를 모시고 어렵게 살아갑니다. 그리고 부모의 빚까지 갚아야 하고, 때때로 사채업자에게 맞으며 지내는 그야말로 꿈도 희망도 잃고 사는 20대 여성입니다.

이지안은 도준영과 협상해 박동훈의 일거수일투족을 감시, 도준영의 반대파이자 껄끄러운 두 사람(동훈 포함)을 해고하도록 돕는 대신 도준영에게서 돈을 받습니다. 그러나 감시하는 과정에서 박동훈의 참모습을 알게 됩니다. 박동훈 부장은 지안의 마음속에서 '나의 아저씨'가 됩니다.

이 드라마는 평범한 직장인인 박동훈과 그의 두 형제 그리고 가난과 굶주림, 빚의 나락에 빠진 이지안 등 잘난 것 하나 없는 사람들의 소소한 생활을 그립니다. 그리고 그 과정에서 서로 아끼고 치유하는 과정을 보여줍니다.

 ## 엿보기와 진실한 마음

네트워크 시대 초기인 1990년대에는 서로 누군지 모르는 상태에서 나누는 '익명 대화'가 유행했습니다. 1997년 영화 〈접속〉엔 이런 문화적 풍경이 잘 나타나 있지요. 남녀 주인공이 서로 얼굴도 직업도 모른 채, 대화만으로 교감하는 과정을 다룬 영화입니다.

그러나 익명으로 나누던 대화는 점차 SNS 형태로 발전하면서 자신을 드러내는 방식으로 변화합니다. SNS는 종류와 즐겨 사용하는 기능에 따라 여러 즐거움을 주지만, 어떤 한 사람을 '엿보는 재미'도 만만찮죠. 이를 의식해서 사람들은 자신의 SNS를 통해 '나'를 포장하기도 합니다. '나, 이렇게 행복하게 살아.' 이것이 요즘 SNS와 네트워크 세상의 핵심 중 하나인 듯합니다. 그걸 관찰하는 게 다른 사람들의 재미 중 하나고요.

이런 엿보기의 '끝판왕' 격인 모습이 〈나의 아저씨〉에 등장합니다. 지안이 일종의 도청 장치를 박동훈 부장의 스마트폰에 심어, 실시간으로 박 부장의 일상을 세심하게 관찰하게 됩니다.

이 과정에서 지안은 박 부장의 좋은 모습을 확인하죠. 그에게도 아픔이 있고, 그의 아픔과 나의 아픔은 인간의 아픔이기에 서로 닿아 있으며, 심지어 나 이지안의 좋은 면을 바라봐주고 있다는 사실을 알게 됩니다. 심지어 엿보기 장치를 활용해 '길목 지키기' 등도 선보입니다. 동훈이 지안과 함께 갔던 주점에 들어가 주인에게 "걔 안 왔어요? 춥게 입고 다니는 애. 예쁘게 생겨가지고"라고 물어보는 걸 실시간으로 듣고 그 주점으로 달려간 겁니다. 나가려는 동훈에게 지안이 말하죠.

한 잔만 더 하죠. 더 해요.

지안은 박동훈 부장에게 이성의 감정을 느낍니다. 그리고 박 부장도 지안에게 뭐라고 설명할 수 없는 호감을 느끼죠. 지안의 사랑법은 정당한 감정 교류일까요?

사실 누구나 상대방의 생각을 읽고 싶을 때가 있어요. SNS를 통해 어떤 사람의 기호나 일정 등을 알아내려 하는 것도 그런 이유일 수 있지요. "어, 너도 고양이 좋아해? 나도 좋아하는데." 고양이를 좋아하지 않는 사람도 호감을 얻고 싶은 상대방이 고양이를 좋아하는 걸 알아내면 이렇게 연기할 수 있습니다. 이렇게 되면 상대방의 마음을 움직이기 쉽겠죠? 즉 상대의 기호나 감정에 관한 정보 등은 그 사람의 마음을 좌우하게 만들어줄 수 있습니다.

따라서 적어도 박동훈 부장이 지안에게 가진 감정은 순수한 의미의 호감이나 사랑이라고 보기 어려울 것입니다. 지안이 '길목 지키기' 등으로 극적 만남을 만들어내는 등 박 부장을 감시하며 얻어낸 정보를 활용해 동훈의 감정을 좌우한 측면이 있기 때문입니다.

그럼 동훈에 대한 지안의 감정은 무엇일까요? 나중에, 엿보기를 하지 않게 됐을 때 동훈이 왜 도청을 그만뒀는지 이유를 묻자, 지안이 말하죠. "듣고 있는 걸 아는데, 어떻게 들어요?" 그런데 듣고 있는 걸 알아서 듣지 않는 것보다, 적어도 지안이 동훈을 좋아한다는 걸 스스로 인지했을 때는 도청을 중단했어야 맞지 않을까요? 좋아하는 사람의 일거수일투족을 그 사람 모르게 감시·도청한다는 건 쉽게 받아들일 수 없는 행동입니다. 지안의 감정이 사랑이 아니라, 특수한 상황에서 발생한 다른 감정일 가능성을 염두에 둬야 하는 이유입니다.

 부작용을 염두에 두세요

〈나의 아저씨〉는 잘 만든 드라마입니다. 평범한 사람들의 감정이 섬세하게 묘사되고 때론 눈물이 날 정도의 감동도 줍니다. 그러나 이 드라마는 네트워크로 연결된 현대 사회의 위험성을 고스란히 드러냅니다.

이지안은 박동훈과 만원 지하철을 함께 타고 있을 때 그의 스마트폰에 도청 소프트웨어를 심습니다. 그의 스마트폰을 만진 것도, 잠시 훔친 것도 아니죠. 실제 이런 기술이 가능할까요? 충분히 가능합니다. 요즘은 이른바 '랜선'으로 표현되는 유선 네트워크로만 통신망을 이루진 않습니다. 무선 네트워크가 잘 발달해 있죠. 특히 블루투스처럼 근거리 무선 네트워크로 아주 고도의 데이터를 주고받는 게 가능하죠.

과장인지는 모르겠지만, 내가 만난 한 전문가는 이렇게 말했습니다. "우리 정보 계통 요원들은 다른 나라 요원일지도 모르는 사람을 근거리에서 만날 때 특수 소프트웨어를 사용해요. 상대방이 근거리 네트워크로 '내 스마트폰' 속의 정보를 다 복사해갈 수도 있거든요. 정보요원들이 감청 영장을 제시하고 '내 스마트폰'의 정보를 포렌식forensic 하지는 않을 거잖아요. 그런 불법 복제를 방지하기 위한 일종의 재밍jamming 장치를 쓴다고 보면 돼요."

좀 섬뜩했어요. 내 근처에 오기만 해도 내 스마트폰 속의 데이터를 다 빼내갈 수 있는 세상이라니. 일종의 해킹인데, 요즘 해킹 기술로는 못 하는 게 없을 정도입니다. 아무리 보안에 공을 들여도 해커 입장에서 조금 시간이 걸릴 수는 있지만, APT라고 하는 '공 들이기형 종합 해킹'을 동원하면 방어하는 쪽에서는 이를 막기 어렵습니다. 네트워크에 연결만 돼 있으면 다 뚫을 수 있다고 합니다.

스마트폰뿐이 아닙니다. 여러분의 노트북을 보세요. 노트북 위에 카메라가 달려 있고, 노트북은 네트워크에 연결돼 있나요? 또는 잠깐씩이라도 네트워크에 연결되는 노트북인가요? 그렇다면 여러분이 방 안에서 뭘 하는지, 해커가 실시간으로 감시할 수 있습니다. 노트북의 카메라를 통해서죠. 내가 노트북을 꺼놓아도 해커가 카메라만 몰래 켜 감시할 수 있습니다.

요즘은 TV도 스마트 TV라 해서 네트워크에 다 연결됩니다. TV에 카메라가 달려 있다면 거실을 환하게 관찰할 수 있습니다. 요즘 집 안팎에 많이 설치하는 CCTV도 마찬가지죠.

스마트 세상은 기술적으로 '일망감시 체계'가 구축된 세상이나 다름없습니다. 실제로 그 가능성을, 그것도 시각 정보 없이 음성 정보만으로도 한 사람의 일상을 얼마나 세밀하게 감시할 수 있는지 〈나의 아저씨〉는 잘 보여줍니다.

빛이 있으면 그림자도 생기기 마련입니다. 이런 '부작용'에 주목하면 참신한 글을 쓸 수도 있다는 뜻입니다. 부작용을 다루면 글의 주제 자체가 참신해 보일 뿐 아니라, 사회 전반에 관한 중량감 있는 문제 제기로 연결하기도 수월합니다.

 이렇게 써보면 어떨까?

박동훈 부장에 대한 이지안의 스마트폰 도청은 일종의 해킹이다. 비전문가의 간단한 기술만으로도 실시간으로 한 사람을 감시할 수 있다는 점을 〈나의 아저씨〉는 보여준다.

스마트폰뿐이 아니다. 요즘 거의 모든 전자기기는 네트워크로 연결된다. 사람들은 이런 세상을 스마트 세상이라고 한다. 그러나 네트워크로 연결된 기기는 전부 해킹이 가능하다. 누군가 마음만 먹으면 내가 쓰는 기기를 지배할 수 있는 것이다. '스마트 세상'이라는 말 뒤에, 누군가 나를 실시간으로 감시할 수 있는 오싹한 세상이 숨어 있는 것이다. 감시는 지배의 전제 조건이다. 이런 오싹한 세상은 내가 누군가에 의해 지배될 가능성이 커지고 있음을 뜻한다. 그럼 박동훈은 스마트폰을 갖고 다니는 게 '좋은 것'인가, 놓고 다니는 게 좋은 것인가? 우리는 스마트폰을 갖고 다녀야 할까, 한강에 던져버려야 할까? 스마트 기기나 네트워크의 편리함에 대해서는 다들 할 말이 많다. 그러나 그것들이 만들어내는 오싹함에 대해서는 아무도 말하지 않는다.

 '에피소드'로 보고 쓰기

드라마의 분량은 상당합니다. 책도 그렇지만, 특히 영상 작품은 전체를 꿰뚫는 주제 의식이나 글쓰기의 소재를 찾기 어려울 때가 많아요. 인상적인 한 장면이나 에피소드에서 글감을 찾아내는 게 효과적일 수 있습니다.

〈나의 아저씨〉에서 크게 인상적인 장면 중 하나는 박동훈 부장과 이지안이 선술집에서 만나 얘기하는 7회의 에피소드입니다. 이지안은 동훈이 다니는 회사의 정직원이 아니죠. 다른 용역 업체에서 파견 인력으로 보내진, 일종의 '알바생'입니다. 취업난 속에서 가진 것 없고 이렇다 할 스펙도 없는 이지안은 파견직으로나마 일자리를 구한 게 행운이었습니다. 지안을 선택한 건 박 부장. 이지안은 묻습니다.

　나, 왜 뽑았어요?

박동훈 부장의 답은 의외입니다.

　달리기. 내력이 세 보여서.

이지안의 이력서엔 취미·특기 모두에 '달리기'라고 적혀 있었어요. 이지안이 적은 달리기는 육상 선수의 특별한 기록이나 능력을 의미하지 않습니다. 지안은 100미터 기록을 묻는 박 부장의 질문에 "몰라요. 기억이 안 나요. 달릴 때는 내가 없어져요. 근데, 그게 진짜 나 같아요"라고 말하니까요.

　이지안의 달리기는 사람이 가진 가장 기초적인 능력을 상징하는 듯합니다. 가진 건 없지만 달릴 수는 있다, 다른 사람들처럼. 이것이 이지안이 달리기를 취미와 특기로 적은 이유일 겁니다.

달리기조차 어려운 사람도 있는데, 이지안의 이력서가 '그런 사람들보다는 낫다'는 뜻은 아닐 겁니다. 그저 기초적인, 그러나 잠재적인 능력이 있으며, 항상 그것을 보여줄 준비가 됐다는 뜻으로 등장하는 개념이 '달리기'일 겁니다.

이력서에 적을 게 달리기밖에 없는 지안은 파견직으로서 많은 난관을 겪습니다. 정직원인 동료들은 그와 잘 어울리려 하지 않고, 복사를 친절하게 안 해준다며 화를 내기도 하고, 파견직 주제에 나댄다고 따로 불러내 경고하기도 하죠. 지안의 회사 생활은 그들과의 투쟁의 연속이라고 해도 과언이 아닙니다. 구박덩어리인, 달리기밖에 못 하는 비정규직이니까요.

박 부장은 그 달리기 안에 잠재력이 있다고 믿었을 겁니다. 가식적인 이력서보다 '난 그저 평범한 사람이지만 달릴 수 있어요'라고 적은 이지안의 솔직한 이력서에서 무한한 잠재력을 알아본 것일지 모릅니다.

여러분도 학교생활을 하면서 비슷한 일을 많이 겪을 겁니다. 내신 성적 또는 모의고사 점수 등 어떤 지표로만 사람을 평가하고 가치를 인정하는 사람들이 많아, 노력과 기본적인 잠재력은 무시당하고 구박받기도 하는 그런 상황 말입니다. 이지안은 '그게 뭐 어때서'라면서 달리기를 취미와 특기로 적었고, 박 부장은 그 단어에서 평범한, 그러나 내적 강인함을 갖춘 한 사람의 '내력'을 느끼게 되죠. 두 사람의 지원과 채용은 특정한 성과만 보는 요즘 세태에 대한 반격이기도 합니다.

또 이지안은 법적으로는 정당방위긴 했으나 살인을 한 적이 있습니다. 과거의 이런 이력 때문에 사람들은 이지안을 피해 다니죠. 박동훈 부장은 개의치 않고 달리기만으로 지안의 미래를 보았습니다. 과거의 좋지 않은 기억이 영원히 미래의 짐이 되어서는 안 된다고 박 부장은 굳게 믿고 있는 듯합니다. 선술집 장면은 이지안의 '웃음'으로 그 의미를 극대화합니다.

✏️ 이렇게 써보면 어떨까?

> 이지안의 '달리기'는 사람이 가진 가장 기초적인 잠재력을 상징하는 것 같다. 꼭 공부를 잘하지 못하더라도, 다른 사람이 갖추지 못한 뛰어난 점수나 자격증이 없더라도, 최선을 다할 준비가 되어 있다는 지안과 우리 모두의 마음을 말해주는 게 달리기다.
>
> 박동훈 부장은 그 잠재력만으로 지안을 채용했다. 그가 이지안을 뽑은 건 특별한 스펙이 아니라 사람이라면 가진 잠재력을 받아들였기 때문이다. 특히 과거의 어두운 기억이 지안이 앞으로 잠재력을 펼치는 데 아무런 걸림돌이 되지 않는다는 걸 박 부장이 앞장서서 보여주려 했을지도 모른다.
>
> 이지안은 박 부장과 달리기 얘기를 나누는 그 자리에서 드라마 중 처음으로 활짝 웃는다. 자신의 모습을 그대로 봐주고 미래의 성장 가능성을 열어둔 박 부장에게서 하나의 희망을 보았기 때문일 것이다. 이지안의 웃음은 우리 사회의 모순과 나아가야 할 방향을 묻는다. '숫자를 볼 것인가, 사람을 볼 것인가? 눈물을 볼 것인가, 웃음을 볼 것인가?'

04 BTS의 젊음보다 못한 젊음이 있는가 ───

이번에는 방송 뉴스를 한번 살펴볼까 합니다. 뉴스는 일상생활에서 가장 많이 접하는 영상물 중 하나일 것입니다. 더구나 논리 구성이 뛰어난 콘텐츠인데다 시사 문제를 다루고 있어 여러분이 뇌 근육을 키우거나 글쓰기에 활용할 만한 지식을 제공하는 경우가 많습니다.

수많은 뉴스가 있는데, 이 중 하나를 골라봤습니다. 최고의 K팝 스타, 이제는 세계적 그룹으로 떠오른 BTS(방탄소년단)의 병역 면제 또는 특례에 관한 내용입니다. 다음은 2020년 10월 7일 방송된 KBS 뉴스 중 한 꼭지입니다.

당정에서 불붙인 'BTS 병역 특례'… 공론화될까?

앵커: 그룹 방탄소년단에게 병역 혜택을 줘야 한다는 주장이 정치권에서 나오면서 찬반 논란이 뜨겁습니다. 관련 법안도 국회에 제

출돼 있는데, 박양우 문체부 장관은 오늘(7일) 국정감사에서 전향적으로 검토할 필요가 있다고 밝혔습니다. ○○○ 기자입니다.

리포트: 논란의 시작은 민주당 최고위원 회의였습니다.

[노웅래: 이제 우리는 BTS의 병역 특례를 진지하게 논의해야 합니다. 신성한 국방의 의무는 대한민국 국민에게 주어진 사명이지만 모두가 반드시 총을 들어야만 하는 것은 아닙니다.]

빌보드 차트 1위로 1조 7000억 원의 파급 효과를 가져왔다며, 대중예술 분야도 병역 특례 적용 대상에 당연히 포함해야 한다는 겁니다. 이 제안은 '공정성'에 관한 논란으로 이어졌고, 급기야 여당 대표가 나서서 함구령을 내렸습니다.

[이낙연: 국민들께서 보시기에 편치 못하시고 BTS 본인들도 원하는 일이 아니니 이제는 서로 말을 아끼셨으면 합니다.]

지난달 국회에 발의된 병역법 개정안은 징집이나 소집을 연기할 수 있는 대상에 대중문화예술 분야 우수자도 추가돼 있습니다. 예술과 체육 분야에 국한됐던 병역 특례 적용 대상을 BTS와 같은 대중가수까지 확대하자는 취지입니다. 국정감사에서 관련 질의가 나오자 주무 부처인 문화체육관광부 장관도 긍정적인 견해를 밝혔습니다.

[박양우: 대중문화예술인의 병역 특례 문제는 전향적으로 검토할 필요가 있다고 보고요. 다만 그것은 문체부만이 아니고 국방부나 병무청 등 관계 기관들하고도, 또 국민들의 정서도 고려해야 되는데.]

정작 당사자인 BTS는 이미 병역의 의무를 수행할 것이라고 공언

한 상황. 팬클럽 '아미'도 정치권이 논란을 키운다며 거부감을 드러냈습니다.

[**진:** (지난 2월) 병역은 당연한 의무라고 생각을 하고 있고 나라의 부름이 있으면 언제든지 응할 예정입니다.]

이 때문에 모두가 공감할 수 있는 특례 기준부터 정비해야 공정성 논란이 더 이상 나오지 않을 것이라는 지적입니다. KBS 뉴스 ○○○입니다.

 정치는 정의보다 표를 좇는다

BTS, 빌보드 차트를 석권하고 해외에서도 높은 인기를 얻는 그룹, 국내 팬층도 두껍습니다. 내 아이뿐 아니라 아이 엄마도 BTS의 '광팬'이거든요. 이런 사람들은 정치권에서 활용하기에 딱 좋습니다. 여러분이 당이나 정부, 국회에서 일하는 정치인이라고 생각해봅시다. BTS를 업을 수 있다면 얼마나 좋겠어요? 그 팬들의 힘을 여러분이 빌려 쓸 수 있으니 말입니다. 우호적 여론을 만들거나 선거 때 표를 얻는 데 도움이 될 것입니다.

앞에 인용한 뉴스를 보면 노웅래 의원이 공개회의에서 BTS에 대한 병역 특례 얘기를 먼저 꺼냈습니다. BTS는 병역 의무를 성실히 이행하겠다고 하는데도 말입니다. 물론 노 의원은 국회의원에 네 번째 당선된 4선 중진 의원으로, 합리적이고 온화한 성품과 뛰어난 의정 활동으로 정평이 나 있습니다. MBC 기자 출신으로, 〈카메라 출동〉을 통해 각종 비리를 노련하게 파헤치곤 했지요. 그의 자질이나 업적을 부인할 필요는 없습니다. 아마 BTS에 대한 병역 혜택도 1차적으로는 국내 문화인을 격려하고 이에 따라 대중문화가 더 꽃을 피울 수 있도록 돕자는 정책적인 고려에 따라 나온 것이라고 봐야 합니다.

그러나 정치인의 언행 이면에는 대중이 있습니다. 정치인이 대중, 즉 표를 의식하지 않는다면 거짓말일 것입니다. 여당의 최고위원쯤 되면 개인의 정치적 성공도 중요하지만, 소속 정당과 정부의 성공도 의식하지 않을 수 없습니다. 그 직책을 맡고 있던 노의원이 BTS에 대한 병역 특례 검토를 전면에 띄우면서 당의 이미지를 상승시키려는 의도가 있었다는 걸 부인하지 못할 것입니다. 바로 이 지점이 여러분이 뉴스를 보며 늘 주목해야 하는 대목입니다. 정치인의 활동 뒤에는 유권자의 표를 얻으려는 계산이 반드시 숨어 있습니다. 단순히 '올바른 일'을 하려는 것으로 파악해서는 이면의 진실을 놓치는 우를 범하기 쉬워요.

뉴스를 계속 보면, 당시 당의 수장을 맡았던 이낙연 전 대표가 곧바로 제동을 걸었습니다. '국민들이 보기에 편치 못하다'는 이유입니다. 여기에도 대중의 반응, 즉 표심에 대한 고려가 묻어 있습니다. BTS의 팬심을 업는 것도 중요하지만, 그보다 더 큰 전체 표심의 반발을 살까 봐 우려한 것입니다.

뉴스를 더 볼까요. 그 뒤를 이어 곧바로 주무 장관의 의견이 나오죠. '전향적으로 검토할 필요가 있으나 부처 협의가 필요하고 국민 정서를 고려해야 한다'는 내용이네요. 여기에도 국민 정서가 나옵니다. 이 문제는 나중에 어떻게 결론이 날까요? 나는 '답 정너'라고 봅니다. 당 대표의 말처럼 BTS의 병역 특례는 이뤄지지 않을 거예요. 요즘엔 이런 특혜를 없애는 방향이면 방향이지 더 만드는 방향이 아니기 때문입니다.

그렇다고 정치인이 얻는 게 없을까요? 그렇진 않습니다. 전체 국민의 표심도 잃지 않으면서, '노력은 했다'는 부분을 어필해 BTS의 팬심도 어느 정도 잡을 수 있을 겁니다. 어떤 정책을 꼭 현실화하진 못하더라도, 또는 무리가 있음을 처음부터 알았더라도 추진 자체로 효과를 얻는 경우가 많고, 정치인도 이를 잘 알고 있습니다. 여러분은 뉴스를 볼 때 이런 뉴스 이면의 역학관계를 읽어낼 수 있어야 합니다.

 핫하게 쓰기 공정이라는 화두를 떠올려보세요

'누가 해달라고 했느냐'는 BTS나 팬(아미)에겐 공허한 얘기가 되겠지만, 기왕 병역 특례 얘기가 나오고 있으니 제도 전반을 조금 더 다뤄보는 게 좋겠습니다. 'BTS 특례론'에는 크게 두 가지 논리가 깔려 있어요. 첫째, BTS가 해외에서 선풍적인 주목을 받는 등 국위를 선양(나라의 권위나 위세를 널리 떨치게 함)하고 있다는 것입니다. 둘째, 가수의 특성상 한창때인 20대에 군 복무로 공백을 만들면 파급 효과가 떨어질 것이란 주장입니다. 이런 논리는 한마디로 좀 '올드하다'고 할 수 있습니다.

일부 군 복무 대상자에게 사실상 면제 혜택을 주는 건 대략 전두환 정권 때 도입됐습니다. 잘 알려진 건 올림픽대회 메달리스트와 아시안게임 금메달리스트에 대한 병역 면제 혜택이죠. 당시엔 1986년 아시안게임과 1988년 올림픽대회 개최를 앞두고 있었어요. '병역 혜택'이라는 파격적인 포상을 내걸어 안방에서 개최하는 큰 체육대회에서 높은 성과를 내보자는 정부 차원의 기획이었습니다. 나중에 2002년 월드컵대회를 개최했을 때도 16강에 진출하면 병역 면제를 해주기로 했고, 실제 당시 축구 팀이 이런 혜택을 받았지요.

이런 정책적 발상은 일종의 엘리트주의에서 나온 것입니다. 일부 엘리트가 사회 전체를 이끌거나 국가 이미지를 개선하거나 대표할 수 있다고 보는 것입니다. 쇼윈도만 잘 꾸며놓으면 가게 내부가 엉망진창이어도 바깥(외국)에서 보기엔 그럴싸해 보일 거라는 계산이죠. 그래서 쇼윈도를 꾸미고, 그 구성품을 포장하는 데 집중한 겁니다.

그러나 이제는 쇼윈도나 가게 안이나 중요하긴 마찬가지란 걸 누구나 압니다. 'BTS 특례론'의 첫째 논리는 그래서 설득력이 떨어집니다. BTS가 국위를 선양한다고 하지만, 어느 다른 국민은 국위를 선양하지 않고 있단 말입니까? 국민 하나하나가 나라에

공헌하고 있고 모두 제 역할을 열심히 하고 있습니다. 노래나 춤만 아니라 직장에 다니는 사람도, 집에서 가사 일을 돌보며 가족을 건사하는 사람도, 열심히 학교생활 하는 여러분도 모두 각자가 맡은 일을 잘하고 있죠. 이것이 모여 나라의 권위와 위세가 되는 것입니다.

둘째 논리도 마찬가지죠. 20대는 누구에게나 한창때고 매우 중요한 시기입니다. 가수에게만 중요한 게 아니죠. 학교에 다니는 사람, 진학이나 취업을 준비하는 사람, 어디에선가 일을 배워가며 도약을 꿈꾸는 사람, 사랑하고 우정을 쌓는 사람 등 모두에게 어쩌면 군 복무를 해야 할 그 시기가 가장 중요한 시간일 수도 있잖아요. 이렇게 생각하면 BTS에게 병역 혜택을 줄 이유가 없습니다.

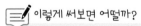

이렇게 써보면 어떨까?

> 정치권 일부에서 그룹 방탄소년단의 문화적 성과를 들어 병역 혜택을 주자는 제안이 나왔다. 그러나 군 복무는 대한민국의 모든 남성이 이행해야 하는 의무다. BTS에 대한 특혜 운운은 BTS가 하는 일이 더 특별하고 훌륭하다는 평가를 전제로 한다.
> 그러나 이들이 하는 일보다 다른 국민이 하는 일이 못하지 않다. 또 BTS가 군 복무를 해야 하는 20대의 시간이 그들이 일하는 데 중요하다고 하지만, 이 시간은 다른 국민에게도 중요하다. BTS의 젊음보다 못한 젊음은 없다.

> BTS나 다른 젊은이나 사정은 마찬가지다. 특정인에게 어떤 혜택을 허용할 이유가 없는 것이다. 이를 우리는 요즘 '공정'이라 부른다. 일부 정치권의 BTS 특례 검토론이 나온 배경은 이해하지만, 공정이라는 대원칙을 무너뜨려선 안 될 것이다.

사실 BTS뿐 아니라 기존 병역 혜택도 시대에 맞지 않아 보입니다. 올림픽대회에서 금메달을 딴 사람보다 여러분, 또 여러분 부모나 지인이 못한 게 뭐죠? 다들 자기 자리에서 국가를 위해 묵묵히 역할을 다하고 있는데, 왜 스포츠 선수에게만 혜택을 주는 건지 의문이 듭니다.

✏️ 이렇게 써보면 어떨까?

> 스포츠 선수는 올림픽대회에서 메달을 따거나 아시안게임에서 1위를 하는 등 일정한 조건을 만족하면 병역 면제 혜택을 받는다. 그러나 스포츠 선수의 메달은 그의 것이지 다른 어떤 국민의 것이 아니다. 그는 자신의 몸값과 성공을 위해 최선을 다한 것이다. 모든 국민이 그렇게 자신의 역할이 있고 최선을 다하고 있다.
> 국가가 보기에 스포츠는 중요하고 다른 직장 생활은 중요하지 않다는 말인가. 스포츠 선수의 성공은 국가에 도움이 되고 다른 직장인의 성공은 그렇지 않다는 뜻인가.

기왕 'BTS 특례론'이 불거진 만큼 방탄소년단이라는 특정 가수에 관한 논의에 그치지 말고, 이 기회에 특정한 분야만 병역 혜택 대상으로 삼은 특례제도 자체를 폐지하거나 축소하는 내용을 검토할 필요가 있다.

 ## '헌법'으로 보고 쓰기

병역은 국민의 중요 의무 중 하나인 국방의 의무에 해당합니다. 이런 국민의 권리와 의무 등은 헌법에 잘 나와 있어요. 법치주의 국가로서 대한민국의 가장 상위법이 헌법입니다. 헌법에 어긋나는 법령은 국회(입법부)가 만들 수 없고, 정부 또한 없는 법령을 집행할 수는 없습니다.

헌법에는 개인이 보장받아 마땅한 권리와 반드시 이행해야 할 의무 등이 명시돼 있습니다. 우리나라와 국민의 권리를 구성하는 설계도 같은 것이거든요. 아주 지루한 내용은 아닙니다. 우리나라를 굴러가게 하는 법적인 틀, 그것도 큰 틀을 볼 수 있습니다. 한번 읽어보기를 권합니다. 전체를 읽기에 부담스럽다면 제39조까지 포함하는 '국민의 권리와 의무'까지만 읽어도 뇌 근육 키우기나 글쓰기에 아주 큰 도움이 됩니다. 분량도 생각보다 짧습니다.

제39조: ① 모든 국민은 법률이 정하는 바에 의해 국방의 의무를 진다. ② 누구든지 병역 의무의 이행으로 인해 불이익한 처우를 받지 아니한다.

39조 1항에 국방의 의무가 명시돼 있네요. 이 헌법 조항에 따라 군 입대 부분에 관해 만들어놓은 법률이 '병역법'입니다. '병무청 장은 다음 각 호의 어느 하나에 해당하는 사람 중 대통령령으로 정하는 예술·체육 분야의 특기를 가진 사람으로서 문화체육관광 부 장관이 추천한 사람을 예술·체육 요원으로 편입할 수 있다'는 내용이 있고, 시행령과 행정규칙 등에서 메달리스트 등 특례 대 상자와 복무 형태(면제) 등을 규정해놓았습니다. 따라서 BTS는 헌법과 이에 따른 병역법 등 관련 법령에 따라 군 복무를 해야 합 니다.

그런데 우리 헌법엔 이런 조항도 있습니다.

제19조: 모든 국민은 양심의 자유를 가진다.

여기서 '양심'은 우리가 일상생활에서 쓰는 '부끄러워할 줄 아 는 자세(예: 양심이 있어라)', '하늘을 우러러 떳떳한가(예: 내 양심에 어긋나지 않게 일처리를 했다)'와 같은 의미만이 아니라, 상당히 포괄 적인 의미를 지닙니다. 헌법상 자유가 보장된 양심은 사상의 자 유, 개인 의지의 자유를 뜻합니다. 다른 사람으로부터 내 생각을 강요받지 않을 자유를 의미하죠. 다음은 여러분도 알아놓으면 좋을 것 같은, 헌법상 '양심'을 사용한 예문입니다.

사과를 요구하는 건 양심의 자유를 침해하는 것이다. 내 잘못은 인정하고 피해자에게 배상하겠지만, 양심의 자유에 따라 사과를 하고 싶지는 않다.

도움이 됐나요?

몇 년 전부터는 '양심적 병역 거부'라는 말이 화두로 떠올랐습니다. 특정 종교를 가진 사람들이 총기류 사용을 교리로 금지하고 있다는 점을 들어 전투병과 복무를 거부합니다. 이를 받아주느냐 마느냐를 두고 오랜 논쟁이 있었고, 2018년 헌법재판소가 대체 복무를 허용하지 않는 현재의 병역법이 양심의 자유를 보장한 헌법에 맞지 않는다면서 헌법 불합치 판정을 내렸습니다. 그해 대법원도 여기에 맞춰 양심적 병역 거부에 무죄를 인정한 첫 판결을 내놓았어요. 결과적으로는 특정 종교를 가진 남성은 전투를 대비한 직접적인 병역은 피할 수 있게 됐습니다.

그런데 특정한 종교를 가진 사람만 자신의 사상과 생각을 강요받지 않을 자유가 있는 걸까요? 나는 그렇지 않다고 봅니다. 국방의 의무가 헌법적 의무라면, 양심의 자유는 헌법적 권리입니다. 국방의 의무를 이행하면서도 직접적인 군 복무는 싫어하는 사람이 있다면 대체 복무 등 다른 선택지를 줘야 옳지 않을까요.

물론 이렇게 되면 많은 젊은이가 대체 복무를 원할 것이므로 병력 규모를 유지해야 하는 국가로서는 여간 곤혹스러운 일이 아닐 것입니다. 이런 현실적 문제는 정부가 중심이 돼 해소해 나가야 할 것입니다.

헌법상의 의무와 권리를 잘 살펴보면 BTS 문제도 전혀 다른 방향으로 글쓰기를 해볼 수 있을 것 같습니다.

✍️ 이렇게 써보면 어떨까?

공정 사회라는 맥락에서 BTS에 대한 병역 특례는 검토 대상이 아니라고 본다. BTS의 젊음보다 못한 젊음은 없기 때문이다. 헌법에 따라 국방의 의무는 누구에게나 공정하게 작동해야 한다는 뜻이다.

그러나 헌법상의 권리인 양심의 자유도 군 복무의 원칙에서 중대한 조항 중 하나다. 전투병 복무를 원치 않는 사람에게 그 생각을 바꾸도록 누구도 강요할 수는 없다. 특정 종교뿐만 아니라, 일반 국민도 자신의 양심에 따라 군 복무 형태를 선택할 수 있도록 제도를 개선할 필요가 있다.

물론 군 부대 유지 등에 관한 중장기적 계획과 현실적인 국방력 등을 감안해 점진적으로 검토해 나갈 문제다. 그러나 결국에는 BTS건 누구건 대체 복무를 할 수 있어야 한다. 이것이 우리 헌법이 말하는 민주공화국의 정신이다.

혹시 '어린 글쓰기 천재'라는 말을 들어본 적이 있나요? 없을 겁니다. 여기엔 이유가 있습니다.

1부에서도 말했지만 글쓰기는 어떤 사람이 가지고 있는 지식과 경험, 사고의 총체입니다. 쉽게 말하면 많이 알고 많이 경험하고 많이 생각한 사람일수록 잘하게 되는 게 글쓰기입니다. 여러분의 나이 때 '뛰어난 글'을 쓰기는 어려워요. 당연합니다. '난 왜 안 되지'라고 생각할 필요도 없어요. 지식과 경험, 사고 등이 아직 충분히 쌓이지 않았기 때문이니까요.

다시 돌아가게 됩니다. 바로 그런 맥락에서 독서가 중요하지요. 독서는 사고력과 지식을 준다고 했잖아요? 글쓰기를 잘하려면 독서를 많이 하면 좋습니다. 또 다양한 미디어를 통해 깊이 생각할 기회를 만들어 지식을 쌓아가는 게 중요합니다. 사실 이것이 여러분의 '글쓰기' 솜씨를 늘릴 대표적인 방안입니다.

그렇다고 글쓰기에 대해 기술적인 부분을 소개할 게 전혀 없느냐, 그렇진 않아요. 여러분이 글을 쓸 때 도움이 될 만한 몇 가지 원칙을 소개합니다.

5부

10대의 글쓰기
10대 원칙

1. 첫 문장이 절반을 좌우한다

모든 글은 독자를 상정하고 씁니다. 물론 혼자 쓰는 일기나 메모 같은 것도 있지만, 여기선 논외로 합시다. 글을 읽는 사람이 긍정적인 느낌을 받는 게 좋은 글이겠지요. 그래서 첫 문장이 중요합니다. 첫 문장은 첫인상과 다름없습니다. 기자나 작가처럼 직업적으로 글을 쓰는 어른도 마찬가지입니다. 첫 문장에 꽤 많은 공을 들이죠.

첫 문장이 별로면 전체가 다 읽기 싫어진다는 걸 여러분도 잘 알 겁니다. 글뿐 아니라 다른 것도 마찬가지죠. 노래도 한 소절만 들어봐도 그 노래에 대한 느낌을 바로 받습니다. '아, 이 노래 좋다' 또는 '흥행하겠구나, 가수가 실력이 좋구나' 등의 생각을 곧바로 하게 됩니다. 영화도 첫 5분이 가장 중요하다는 말을 많이 합니다. 첫 부분이 지루하면 바로 꺼버리거나 채널을 돌려버리죠.

첫 문장은 첫인상이자 가장 중요한 문장이어야 합니다. 내가 어떤 글 전체를 통해 하고 싶은 말이 있으면, 그 전체를 함축적으로 보여줄 수 있는 문장이 처음에 나오면 좋습니다. 핵심 주제를 보여줘야 한다는 뜻이죠. 길건 짧건, 첫 문장에 가장 중요한 메시지를 담는 게 글쓰기의 기본 원리입니다.

그러니 첫 문장 만드는 데 시간이 제법 들어가겠죠? '별로'라는 느낌이 들지 않는 '흥미로움'과 글 전체를 관통하는 '주제성'을 동시에 잡아야 하니 말입니다. 복잡하게 들리겠지만, 생각보다 그렇게 어렵지는 않습니다. 예를 들어볼게요. 앞서 《플랜더스의 개》를 소개했습니다. 이 책에 관한 독후감을 쓴다고 칩시다. 첫 문장은 어떻게 할까요?

- 어제 《플랜더스의 개》를 읽었다.
- "넬로와 파트라슈에겐 죽음이 더 자비로웠다."

이처럼 두 가지 시작이 있다고 가정해봅시다. 읽는 사람 입장에서는 완전히 다르죠. 뒤의 경우가 훨씬 흥미롭습니다. 기대감을 자아내죠. 뒤의 독후감 첫 문장은 내 아이가 실제로 《플랜더스의 개》를 읽고 쓴 것입니다. 책 내용 일부를 단순히 인용한 것인데도 훨씬 흥미롭게 느껴지지요? 그뿐 아니라 이어지는 독후감 내용도 이 문장과 무관치 않은 내용이었습니다. 넬로와 파트라슈의 고난과 죽음에 관한 슬픔을 적은 감상문이었죠. 처음의 저 한 문장으로 흥미와 요약 두 가지를 동시에 잡은 셈입니다.

이렇게 첫 문장이 좋으면 뒷부분을 전개하기도 수월합니다. 확실하게 대표 문장을 뽑아놓았으므로 관련 내용을 바로 붙이면 되니까요.

'두괄식'이라는 전개법이 있습니다. 글이나 말의 요지를 첫 부분에 두는 방식을 말합니다. 장황하게 설명하는 사람에게 "그래서 요점이 뭐야!" 하고 짜증을 낼 때가 있죠? 그 말은 '너 제발 두괄식으로 좀 말해. 요점부터'라는 말과 같은 뜻입니다.

글을 쓸 때는 두괄식으로 전개하는 습관을 기르면 좋습니다. 독자도 장황한 설명부터 하는 '답답이'보다, 요점부터 흥미롭게 딱 얘기하고 시작하는 글을 더 재미있게 느끼니까요. 쓰려는 글의 난이도에 따라 이런 첫 문장 잡기나 두괄식 전개가 어렵게 느껴지고 많은 시간이 필요하기도 합니다. 그러나 익숙해지면 첫 문장 작성에 드는 시간이 점점 짧아집니다.

한 가지 덧붙이자면, 두 번째 중요한 문장은 두 번째 문단에, 세 번째 중요한 문장은 세 번째 문단에 배치하는 방식도 기술적으로 활용할 만합니다. 실제 신문 기사에 쓰는 방식인데요. 숙달되면 쓰는 속도가 엄청 빨라집니다. 삭제할 때도 편해요. 뒷부분부터 지우면 되거든요. 분량을 조절하기도 쉽습니다.

물론 이런 형식에 얽매일 필요는 없습니다. 잘 읽히도록 자연스럽게 풀면 되니까요. 대신 첫 문장만은 신경 쓰는 게 좋습니다.

2. 통일성 갖추기: 재료를 구분·정리하라

한 걸음 더 들어가 봅시다. 첫 문장을 잡았어요. 그러면 전체적으로는 어떻게 하죠? 하나만 기억하면 됩니다. 바로 '통일성'입니다. 첫 문장이 핵심 주제여야 한다고 했습니다. 그러면 그 관련 내용으로 글을 채웁니다. 이것 또한 글쓰기의 기초 원리입니다. 첫 문장은 좋은데, 그다음에 엉뚱한 얘기가 산만하게 나오면 어떻게 보일까요? 역시 읽는 사람으로선 짜증 나는 글이 될 겁니다.

그런데 말처럼 간단하지만은 않습니다. 내 아이가 《보물섬》을 읽고 독후감을 쓰려다 묻더군요. 《보물섬》에서는 첫 문장을 잡기가 너무 어렵다는 겁니다. 여러분도 대부분 아는 책이겠지만, 《보물섬》엔 방대한 주제와 내용이 들어 있죠. 《플랜더스의 개》와는 다소 성격이 다른 책입니다. 첫 문장, 즉 핵심 주제를 나타내는 그 한 줄이 도무지 찾아지지 않을 땐 어떡해야 하느냐는 게 아이의 고민이었습니다. 첫 문장이 나오지 않으니 당연히 통일성 있는 글을 쓸 수도 없다는 거예요. 이런 난감함은 어른, 심지어 글을 많이 쓰는 어른도 가끔 겪는 일입니다.

이럴 땐 먼저 '내가 가진 재료', 즉 책이 담고 있는 소재를 정리해 떠올려보거나 메모해봅니다. 《보물섬》은 여러 소재를 다루고 있지요. 소년, 해적, 바다와 항해, 보물, 지도, 섬…. 무궁무진합니다. 다 염두에 두고 나열해봅니다. 각 소재마다 의미를 찾아낼 수가 있거든요.

- 소년 → 어린 나이인데도 용기와 재치로 사람들을 구하고 목적을 달성하는 주인공
- 해적 → 비록 해적이지만 인간미가 있고 남성적인 매력이 있는 실버 / 또는 해적의 삶을 잘 알게 됐지만 해적은 해적일 뿐, 결국 잔인하고 나쁜 사람들이라는 문제의식
- 바다와 항해 → 넓은 바다를 항해하는 모험과 여행의 흥미, 나도 해보고 싶다는 소망
- 보물 → 보물을 두고 이렇게 싸움을 벌이고 사람들이 목숨을 잃는다면 보물이 그렇게 중요한 것인가에 대한 의문 / 또는 정의로운 자만이 보물을 손에 넣고 기뻐할 수 있다는 교훈

이런 식으로 정리할 수 있을 겁니다. 이 가운데 첫 문장이나 핵심 주제로 삼을 글감을 하나 고릅니다. 그리고 그것에 맞게 글 전체를 관련 있는 내용으로 정리해 나가면 되는 거죠.

통일성을 위해서는 하나의 주제를 일관되게 뒷받침하는 게 중요합니다. 책 본문을 인용해도 첫 문장과 연관된 것만 우선 다룹니다. 자신의 느낌이나 생각도 마찬가지죠. 철저하게 첫 문장을 뒷받침하는 방향으로 작성해 나갑니다. 이게 통일성 있는 글쓰기의 기본입니다. 이렇게 완성하면 독자는 글이 상당히 논리적으로 일관성이 있다고 느낍니다.

그런데 아이가 다시 묻더군요. "그런데… 하나만 택해서 쓰면 분량이 부족할 때가 많을 것 같아. 그럴 땐 어떡하지?" 그 생각을

못 했어요. 그러고 보니 떠오르더군요. 신문사에서 이런 일이 있었습니다.

2019년 11월 8일 저녁 무렵이었어요. 나는 그날 부서의 야간 당직이었습니다. 신문은 야간의 뉴스 발생 상황을 대비해 당직자를 둡니다. 부서원들이 돌아가면서 맡는데, 내가 당직일 때의 상황이었던 것입니다. 어느 매체에선가 기사를 띄웠습니다. 미국의 경제차관이 통신사 두 곳을 대사관으로 불렀다는 겁니다. 중국의 화웨이 장비를 쓰지 말아달라고 했다는 것이었는데, 어느 경제신문 가판(전날 저녁에 만들어 미리 배포해보는 잠정적인 신문)에 나왔다고 했습니다. 이걸 우리 신문도 다뤄야 할지를 결정해야 하는 상황이었어요. 담당인 기자가 전화를 걸어왔습니다.

"선배, 이거 쓸지 말지 헷갈리네요."

"사실 확인 됐어?"

"하는 중인데 아직은 안 돼요."

"일단 킬. 계속 알아봐."

좀 더 지나서 그가 다시 전화해 확인됐다고 했습니다. 부장과 편집국장 보고를 거쳐 1면에 쓰기로 했습니다. 그런데 담당 기자가 다른 사건으로 야간 취재를 하는 중이었어요. 취재원과 여러 기자들이 함께 저녁 식사 자리에 있었던 거죠. 중요한 자리면 기자가 빠져나오기 어려울 수 있습니다. 다른 기자들은 취재원의 말을 듣고 있는데 나만 못 들으면, 속칭 '물을 먹는' 상황이 발생하거든요. 그래서 내가 대신 기사를 쓰기로 했어요. 야간 상황이라 시간이 없었습니다.

그런데 분량이 모자라 골치였습니다. 회사 방침은 (원고지) 다섯 장을 쓰라는 것이었는데, 확인된 내용만으론 아무리 써도 석 장도 안 됐습니다. 이럴 땐 채워 넣어야 합니다. 그렇다고 아무 내용이나 쓸 수는 없잖아요? 일단 당시 나는 미국과 화웨이의 관계 중심으로 포털 사이트를 검색했어요. 그동안 나온 얘기를 찾아냈죠. 물론 이미 나온 얘기는 뉴스 가치가 떨어지지만 채워 넣는 소재로 사용할 수는 있겠죠? 앞부분은 새 얘기로, 뒷부분은 이미 소개된 얘기로 채워 다섯 장을 완성했습니다.

이것도 일종의 쓰기 요령이라면 요령인데, 기자끼리는 우스갯소리로 '한편 신공'이라고 합니다. 상관관계가 떨어지거나 이미 나왔던 얘기를 '한편~'으로 시작하는 문장으로 뒷부분에 붙여버리면 분량이 늘어나지요('한편'이란 단어는 꼭 안 써도 됩니다).

《보물섬》 독후감 얘기로 돌아오면, '해적'을 핵심 주제로 잡았다 쳐요. 해적 중심으로 쓰되 뒷부분에 '소년'에 관해서도 써서 붙일 수 있겠죠? 이렇게 되면 첫 문장과 상관없는 내용이 뒤에 일부 붙게 되지만 큰 문제는 되지 않아요. 그러다 보면, 운 좋으면 둘을 연결할 수도 있습니다. 해적과 소년을 비교하거나 하는 식으로요. 해적 실버와 소년 짐의 묘한 관계 얘기를 써도 안 될 이유는 없겠죠?

이게 성공하면, 다시 앞으로 돌아가 아예 첫 문장을 바꿔버리는 '역주행 글쓰기'도 가능합니다. 첫 문장을 '해적과 소년'을 포괄하는 내용으로 바꿀 수도 있다는 거죠. 쓰다 보니 첫 문장이 바뀌더라 하는 경우도 가끔 있어요. 첫 문장은 중요합니다. 그러나 바꿀 수 없는 불변의 진리는 아니겠지요. 글의 전개에 따라 수정해도 됩니다. 너무 부담 갖지 말고 편안하게 생각하기 바랍니다.

3. 보편적 가치에 부합해야 한다

나는 아이에게 늘 첫 문장과 통일성 얘기를 해줍니다. 그런데 예상치 못한 상황이 생겼습니다. 아이는 조언대로 썼어요. 형태상으로는 훌륭한 글이었는데, 이걸 도저히 좋은 글이라고 말할 수는 없는, 그런 상황이었습니다. 아이가 슈피겔만의 《쥐》를 읽고 독후감을 썼습니다. 첫 문장으로 《쥐》의 첫 부분을 인용해 내세웠습니다.

> 친구? 네 친구들? 그 애들을 방 안에다 먹을 것도 없이 일주일만 가둬놓으면…. 그땐 친구란 게 뭔지 알게 될 거다.

이렇게 시작한 건 좋았습니다. 기대감을 주는 시작이니까요. 그런데 더 읽다가 당황하고 말았습니다. 아이가 글 전체를 '친구 무용無用론'으로 밀어붙였더군요. 친구들과 어울리면서 자신이 속상했던 경험 등을 잔뜩 적어놓았습니다. 그러면서 친구는 소용없다는 결론을 냈죠. 형태상으로는 문제가 없었지만…. 뭔가 하나 빠뜨리고 조언했다는 생각에 '아차' 싶었어요.

내 아이는 친구들과 노는 걸 제일 좋아합니다. 주말이면 약속 있다며 친구들과 어울려 나갑니다. 가끔 집으로도 초대하고, 그들의 집에 초대도 받지요. 그런 아이가 친구는 소용없다는 글을 써놓은 셈입니다.

"친구가 좋지 않아? 소용없다고 생각해?"

"좋을 때가 더 많지."

"그런데 왜 이렇게 썼어?"

"첫 문장에 맞춰 밀어붙이라며."

한마디로 '친구 무용론'은 누가 읽어도 설득력이 없습니다. 물론 슈피겔만의 《쥐》처럼 아주 특수한 경험에서 온 특별한 감정 상태라면 예외적으로 인정될 수도 있겠지만, 일반적인 10대의 글에서 '친구는 소용없다'는 주제가 나오면 읽는 사람들이 당황합니다.

보편적 가치관에 부합하는 주제 의식이어야 좋은 글이 될 수 있습니다. 기사를 예로 들어볼까요. '때론 살인이 불가피하다는 주장이 제기됐다'는 기사를 쓴다면 어떨까요. 누가 그런 말을 했다는 이유에서 말이에요. 그런 기사는 신문에 실릴 수 없습니다. 보편적인 인류의 가치에 역행한다고 다들 생각할 것이기 때문입니다. 아이가 말하더군요. "기획이 중요하구나. 글은 역시 기획이네."

맞아요, 글쓰기는 기획에서 시작됩니다. 그런데 그 기획엔 가치관이 담깁니다. 그 가치관이 인류에게 보편적인 방향이어야 한다는 뜻입니다. 글쓰기가 단순한 기술일 수 없는 이유이기도 합니다.

4. 최대한 단문으로 써라

글을 쓸 때 길게 중언부언하는 것보다 간략히 쓰면 읽는 사람이 편안한 느낌을 받습니다. 더구나 박진감도 생겨 글에 힘이 생깁니다. 지나치게 자세한 정보를 담으려 하다가는 자칫 지루하고 어렵게 느껴지는 글을 내놓기 쉽습니다. 주어·술어 관계에 집중하고 문장의 수식이나 과한 세부 내용을 과감하게 생략해봅시다.

2016년에 청와대 민정수석이 상당한 영향력을 확보해 화제가 된 적이 있었습니다. 기존에 법무부 장관 라인이라든지 검찰총장 라인이란 말은 있었는데, 당시 우병우 민정수석이 '민정 라인'이라는 말을 처음 만들어냈죠. 이후엔 청와대 민정수석실이 계속 뉴스의 중심에 서고 있어요. 당시 상황을 한번 써보겠습니다.

> 최근 검사들에게 막강한 영향력을 미치는 사람은 검찰총장뿐만이 아니다. 그래서 검사들은 지휘 계통 면에서 눈치를 잘 봐야 하는 상황에 빠져 있다는 게 검찰 안팎의 시선이다.
> 검찰청법 제12조 2항에 따르면 검찰총장은 검찰사무를 총괄하고

검찰청의 공무원을 지휘·감독한다. 따라서 모든 검사는 검찰총장의 지휘에 따라 일사불란하게 움직였다. 그러나 최근에는 이런 흐름에 변화가 생기기 시작했다. 청와대에서 검찰 등을 담당하는 대통령 참모인 우병우 민정수석이 그 변화를 주도하고 있다고 볼 수 있다.

우 수석은 김진태 전 검찰총장 때 급성장했다고들 한다. 김 전 총장은 사법연수원 14기로, 19기인 우 수석보다는 한참 선배다. 대검찰청 관계자들은 김 전 총장이 재직할 때 우 수석의 업무 처리에 크게 신경을 쓰지 않으려 했다고 전한다. 한참 후배인 우 수석을 신경 쓰는 듯한 모양새를 연출하고 싶지 않아서였을 것이라고 주변에서는 짐작하는 것이다. 역설적으로 이런 김 전 총장의 '연출된 무관심'이 우 수석에게는 검찰 지휘 계통에 어느 정도 개입할 수 있는 여지를 만들어준 셈이 됐다.

공교롭게도 우 수석은 검찰 출신인 만큼 조직을 잘 알지만, 그렇다고 검찰을 아주 아끼거나 존중하려 하지는 않는 듯하다.

우 수석은 언론 인터뷰에서 "(검찰이) 일만 있으면 저를 불러서 부려먹고는 승진은 다른 놈 다 시켜주고… 뭐 이런 경우가 다 있나 했다"면서 "일만 시켜먹고 승진 때는 빼고"라고 말했다. 그는 검찰총장에 대해서도 별것 아니라는 의견을 내비치기도 했다. 우 수석은 "검찰총장도 2년짜리 권력"이라며 "그게 자기 자리고 자기 것이냐. 국민이나 대통령이 '거기 잠시 앉아 있어라' 이런 것이지 자기 권력이냐"라고 반문했다.

검찰청법 제34조를 보면 검사의 임명과 보직, 즉 검사 인사는 법무부 장관의 제청으로 대통령이 한다. 즉 검사에 대한 인사권은 대통령이 갖고 있는 것이다. 대통령이 개별 검사를 일일이 알고 있을 가능성은 낮으므로, 대통령을 보좌하는 검찰 출신인 민정수석이 그만큼 검사 인사권에 개입할 가능성이 커지는 것이다.

반면 검찰총장에겐 직접적인 검사 인사권이 없다. 같은 조엔 '법무부 장관은 검찰총장의 의견을 들어 검사의 보직을 제청한다'고 돼 있지만, 이 조항은 결과적으로 검찰총장은 검사 인사와 관련해 '의견 개진권'만 가진다고 명시한다. 사실 청와대가 법무부를 통해 검찰 인사를 할 때는 관례적으로 총장의 의견을 참조했다. 그러나 법직으로 총장 의견이 얼마만큼 반영되는지는 결국 청와대의 의지에 달려 있다. 즉 민정수석의 인사권 행사 공간은 민정수석 하기에 따라 얼마든지 넓어질 수 있는 것이다.

검사들은 인사 발령에 크게 신경을 쓴다. 더 힘을 쓸 수 있는 자리에 가기 위해, 동기나 후배들에게 밀리지 않았다는 점을 인정받기위해, 퇴직 후 더 큰 꿈을 펼치기 위해 등 여러 이유에서 검사는 인사에 민감하다. 검사 출신인 우 수석은 검사들의 이런 심리를 적극 활용할 수 있다는 걸 잘 알았을 것이다. 검사의 인사를 좌우하는 법무부 및 검찰총장이 지휘하는 대검을 직접 거치지 않고 검사 인사와 검찰 수사 방향에 직간접적인 영향력을 행사할 수도 있도록 법무부 검찰국과 서울중앙지검 특수부 등 일부 요직을 자신과 친분이 두터운 사람으로 채웠다. 이렇게 되니 검사들 사이에서는 총장보다 되레 청와대 수석의 눈치를 보는 검사들이 생겨날 정도가 됐다. 그러나 김 전 총장은 별다른 대응을 하지 않았다. 청와대 수석은 대통령의 참모일 뿐, 임명권자인 대통령도 아니고 직접 자신을 지휘할 수도 있는 검찰 선배인 법무부 장관도 아니라고 생각하는 듯한 행동이 체면상 맞는다고 본 것이다.

물론 이 글도 늘어지게 쓴 편은 아닙니다. 그러나 단문 위주로 만들면 글의 박진감과 분위기가 달라집니다. 다음은 2016년 10월 칼럼 〈응답하라 검찰총장〉에 실제로 쓴 글 일부입니다.

요즘 검사들은 눈치를 잘 봐야 한다. 태양이 둘이기 때문이다. 둘 관계도 오락가락한다.

검사들의 수장은 검찰총장이다. 검찰청법에 나와 있다. 그래서 검찰총장이 가장 셌다. 찍히면 검사 생활 끝이었다. 그런데 바뀌기 시작했다. 변화의 중심엔 우병우 민정수석이 있다.

우병우란 괴물을 키운 건 김진태 전 총장이다. 일부러 그런 건 아니다. 기수가 한참 아래여서 애써 무시했다. 우 수석이 파고들었다. 그는 검찰을 잘 알지만 또한 증오했다.

"(검찰이) 일만 있으면 저를 불러서 부려먹고는 승진은 다른 놈 다 시켜주고… 뭐 이런 경우가 다 있나 했어요. 일만 시켜먹고 승진 때는 빼고." 그는 언론과 만나 검찰총장에 대해서도 냉소했다. "검찰총장도 2년짜리 권력이라고. 그게 지 자리고 지 거냐? 국민이나 대통령이 '거기 잠시 앉아 있어라' 이런 거지, 지 권력이냐고요."

검찰총장은 인사권이 없다. 반면 청와대는 검찰 인사를 한다. 검사는 인사에 목을 맨다. 우 수석은 줄을 세웠다. 법무·검찰의 몇 개 요직은 확실히 잡아놓았다. 힘이 우 수석에게 쏠렸다. 김 전 총장은 모른 척했다. 수석이 뭐 대단하냐는 식이었다. 나중엔 어린 애한테 수염을 뜯겨도 하소연조차 못하는 모양새가 됐다. (…)

물론 처음 글이 훨씬 자세하고 설명이 충실한 글일 수도 있겠지요. 어느 쪽이 맞거나 틀렸다고 단정할 수는 없습니다. 중요한 건 두 글 사이의 차이점을 느껴보는 것입니다. 길게 늘어지게 쓰면 어지럽고 요점을 파악하기 힘들게 느껴질 수 있습니다. 반면, 같은 정보와 주장도 단문으로 축약하면 강하고 세련된 느낌을 줄 때가 많습니다.

글을 쓰는 직업을 가진 어른도 단문 쓰기를 많이 시도합니다. 그러나 연습 없이 무조건 짧게만 쓰면 이상한 글이 될 수도 있으니 유의해야 합니다. 평소 문장을 간결하게 쓰는 연습을 많이 해두면 도움이 됩니다.

5. '감동'이냐 '비판'이냐, 과감하게 선택하라

큰 울림을 주는 글쓰기 방식은 크게 '감동 주기'와 '강력한 비판'

으로 나눌 수 있습니다. 두 방식의 효과는 사실 비슷합니다. 슬픔이나 분노 등을 자아낸다는 점입니다. 2011년 《경향신문》이 〈10대가 아프다〉라는 기획 시리즈로 큰 반향을 일으킨 적이 있습니다. 학교 내에서 벌어지는 '빵셔틀' 같은 일진 및 왕따 문제, 공부 문제 등을 집중 조명해 독자를 울리고 분노하게 했죠. 그즈음 같은 신문에 실렸던 정희준 동아대학 교수의 칼럼입니다.

[경향시평] 자살 중학생 "아이팟을 함께 묻어주세요"

번듯한 패밀리 레스토랑에서 가족이 식사를 한다. 조금 비싸기는 해도 '우리 집도 행복한 중산층'이라는 것을 입증하려면 가끔씩 함께 가야 한다. 그런데 식사하는 모습이 전혀 '행복한 가족' 같아 보이지 않는다. 대화가 보이지 않는다. 중·고등학생인 아이들은 머리를 꺾은 채 '문자질'에 열중이고 엄마는 밥 좀 먹으라고 채근하는 정도다. 아빠는 두리번거리며 밥을 먹다가 가끔 엄마랑 짧은 이야기를 나누기도 하는데 사실 혼자 먹는 거랑 별 다를 바 없다. 소가 여물 먹는 것 같기도 하다. 충분히 이해가 된다. 평소에 안 하던 대화가 갑자기 양식 먹는다고 터지겠는가.

옛날엔 그래도 거실에 있는 텔레비전을 보기 위해 모이기라도 했다. 그러나 요즘은 '각 방' 생활이 대세다. 컴퓨터에 스마트폰까지 등장했으니 방에서 나올 필요가 없어진 것이다. 온라인에 '접속'된 채 살아가는 아이들에게 가정이라는 물리적 공간은 부차적인 것이다. 사실 가정은 '화만 내는 아빠', '잔소리하는 엄마'가 지배하는 공간이기에 아이들에게 가정이란 그들 표현대로 '짱 나는' 곳일 뿐이다.

이런 와중에 부모와 자식 간의 관계를 완전히 파국으로 몰고 가는 게 있으니 바로 학교 성적이다. 성적이 좋지 않으면 부모는 아이들에게 화내고 욕하고 때리기도 한다. 깊은 마음의 상처를 주는 것도 서슴지 않는다. 그러다 보면 부모 자식 간은 서로 미워하고 증오하고 저주하는 사이가 된다. 그 어리고 소중한 아이들에게 "나가 죽어"라는 말을 우리처럼 쉽게 하는 사회가 또 있을까. 동물의 왕국이 차라리 인간적이다.

정신과 전문의 이시형 박사는 중학생이 겪게 되는 혼란과 방황을 '정상적 정신분열증'이라고 칭한다. 누구나 겪게 되는, 성장 과정의 한 단계일 뿐이라는 것이다. 그렇기에 부모들은 청소년기 자녀들을 사랑으로 보듬어주어야 함에도 성적을 가지고 자식들의 숨통을 조른다. 방황하는 청소년들은 의지할 곳을 찾게 마련인데 부모는 상처를 주고 등을 돌려버리는 것이다. 자식이 부모에게 배신당한 것이다.

지난주 부산의 중학교 2학년 학생이 20층 베란다에서 몸을 던졌다. "이번 시험 정말 잘 치려고 엄청 노력했지만 뜻대로 안 됐다. 성적 때문에 비인간적인 대우를 받는 이 세상을 떠나기로 결정했다"고 한다. 스마트폰을 갖고 싶었던 그 아이는 중간고사 성적이 오르면 사주겠다는 부모의 약속에 나름 최선을 다했지만 결국 원하는 결과를 얻지 못했다. 스마트폰도 얻지 못하고 부모에게 꾸지

람까지 들은 그는 "성적으로 사람을 평가하는 이 사회를 떠나고 싶다. 한국이 왜 자살률 1위인지 잘 생각해보라"며 우리 어른들을 일갈한다. 그런데 그 아이가 남긴 마지막 부탁이 나의 눈시울을 뜨겁게 한다. "아이팟을 함께 묻어달라."

가족 대신 그 아이가 함께하고자 했던 마지막 하나는 바로 음악을 들려주는 손가락만 한 기계였다. 그렇다. 이 아이들에게 소비는 욕망의 충족이 아니라 결핍을 메우는 것이다. MP3플레이어와 스마트폰은 외로움과 싸우기 위해 없어서는 안 되는 물건이자 친구인 것이다. 그것이 없으면 상처받은 마음을 달랠 길이 없었던 것이다. 이제야 이해가 될 것 같다. 아이들이 왜 PC방에서 같이 밤을 새우고 왜 노스페이스를 입고 몰려다니는 것인지. 그들은 그렇게 서로를 의지하며 지내는 것이다.

인터넷에는 자살을 고민하는 아이들로 넘쳐난다. 모두 부모에게 배신당한 아이들이다. "너만 없으면 잘 살겠다"는 엄마의 말에 가슴이 찢어질 듯 아프다는 아이, 칼로 손목을 그었던 아이, 휴대폰 충전기로 목을 졸랐던 아이, 고층아파트 난간에 매달려본 아이, 약을 한 통 먹었는데 부모가 살려내 다시 자살을 준비하는 아이도 있다. 중학생이 글을 올리면 초등학생까지 쫓아와 달래주고 자기 이야기 같다며 같이 울어준다.

그런데 이 아이들이 지금 죽지 말라며 뭐라 하는지 아는가. "부모님이 너무 불쌍하잖아요."

물론 〈아이팟을 함께 묻어주세요〉라는 원 기사가 있습니다. 기획 시리즈 중 하나로 1면 톱으로 실렸죠. 그 슬픔이 자아내는 연민과 분노가 너무 커서 이런 후속 칼럼도 나왔는데, 칼럼마저도 그 힘을 일부 보전하고 있는 경우입니다.

참고로 〈아이팟을 함께 묻어주세요〉는 신문사의 자체 판단으로 인터넷판에서는 삭제됐습니다. 죽음을 다뤄 감정 전달의 강도가 지나치고 그로 인해 자극적일 수 있다는 판단 때문이었습니다. 거꾸로 말하면, 매우 감동적인 글은 나중에 글 자체를 삭제해야 할 정도로 강한 임팩트를 준다는 뜻이겠죠.

정반대로 논리적으로 강하게 비판하는 글도 공감을 얻어내곤 합니다. 삼성전자가 공정거래위원회의 조사를 방해한 사건이 있었습니다. 이와 관련해 언론사 대부분은 삼성에 대해 비판적인 사설을 실었어요. 다음은 2012년 3월 19일 《매일경제》의 사설 〈삼성전자, 여러 면에서 초일류기업다워야〉입니다.

삼성전자가 공정거래위원회 조사를 방해한 혐의로 역대 최고 액수인 4억 원의 과태료를 부과받았다.

휴대전화 가격 부풀리기 의혹에 대한 공정위의 조사 때 컴퓨터에 담긴 자료를 삭제하거나 허위 자료를 넘기기도 했다는 것이다. 보안 담당이나 용역업체 직원들을 시켜 공정위 현장조사 요원의 출입을 막은 행위도 적시됐다. 공정위는 불공정행위 적발을 막으려는 기업들의 조사 방해가 잦아지자 얼마 전 법을 개정했다. 공정거래법 개정안은 5월부터 현장 진입을 지연시키거나 저지하는 등 행위에 대해 3년 이하 징역, 2억 원 이하 벌금 등 형사처벌을 할 수 있는 조항을 신설할 만큼 강화됐다.

공정위에 따르면 1998년부터 2011년까지 삼성 계열사는 다섯 번이나 조사 방해로 과태료를 부과받은 바 있다. 삼성카드, 삼성토탈이 그런 전례가 있었고 삼성전자는 이번까지 세 차례에 해당한다. 이번에는 임원급도 가담했다는 게 공정위의 설명이니 연 매출 165조 원으로 미국의 애플에 비견되는 세계 최고 IT 기업 위상에 어울리지 않는다. (…) 제품 경쟁력뿐 아니라 상거래와 대외 관계 등 다른 측면에서도 모범을 보여야 국민의 존경을 받을 것이다.

그런데 이보다 훨씬 더 강력하게 삼성을 잘 비판한 사설이 있습니다. 《조선일보》 2012년 3월 20일 자 〈삼성 눈엔 이 나라 법은 법같이 보이지 않는가〉라는 제목의 사설입니다.

어제(19일) 아침 《조선일보》 (A10면)에 실린 공정거래위원회의 삼성전자 수원사업장 현장 조사에 관한 기사와 사진은 정부가 재벌 앞에서 얼마나 무력無力하고 초라하며, 이 나라에서 재벌이란 어떤 존재인가를 충격적으로 보여줬다. 이 기사와 사진은 대한민국 법률은 재벌의 울타리 안에서 무용지물無用之物이고, 재벌은 더 이상 법의 지배 아래 있는 게 아니라 '법 위'나 '법 밖'에서 치외법권을 누리는 것을 당연시하고 있음을 확인시켜줬다.

작년 3월 24일 오후 2시 20분 공정거래위원회 조사관들이 삼성전자 수원사업장에 나타나 현장 조사를 위해 방문한 공정위 직원이란 신분을 밝히고 건물에 들어가려 했다. 그러나 삼성의 경비 직원들은 "사전 약속 없이는 들어갈 수 없다"며 조사관들의 건물 출입을 가로막았고, 잠시 후 안에서 뛰어나온 두 명의 삼성 직원이 경비 직원에 가세해 공정위 직원들의 출입을 50분 동안이나 지연시켰다. 공정위가 나중에 확보한 건물 내 CCTV에는 그 사이 삼성 측이 관련 자료를 통째로 폐기하고, 책상과 서랍장을 바꾸고, 조사 대상 직원의 컴퓨터를 새것으로 바꿔치기하는 모습이 그대로 담겨 있었다.

조사관의 전화를 받은 임원은 바로 현장에 있으면서도 "서울 출장 중"이라고 거짓말로 조사 팀을 따돌렸고, 다른 직원들도 모두 자리를 피해버렸다. 결국 조사관들은 담당 부서를 찾아가고도 아무도 만나지 못하고, 자료도 확보하지 못한 채 그냥 물러나야 했다. 한국 최대 재벌의 최대 회사이고, 세계 업계의 선두를 달리고 있다는 글로벌 기업 삼성전자의 전무가 대한민국 공권력을 정지停止시키는 이 작전을 진두지휘했다.

삼성전자의 안하무인眼下無人하는 태도는 여기서 그치지 않았다. 삼성전자는 사건 후 보안 규정을 더 강화해 사무실 건물 출입구가 아닌 정문에서부터 차량 진입을 막고, 바리케이드를 설치하고, 주요 파일을 대외비對外秘로 지정하고 영구 삭제하는 등의 후속 대책을 마련했다. 공정위가 이렇게 망신을 당한 다음 공정위 조사관들의 출입을 막고 자료를 폐기, 바꿔치기한 혐의를 확인하려 건물 출입 기록을 요구하자 삼성은 해당 직원의 이름을 뺀 허위 자료를 냈다. 공정위는 삼성전자가 이 사건 후 내부 회의에서 경비 업무를 맡은 용역업체와 그 경비 직원들에게 "대처를 잘했다"고 칭찬했다는 정보를 입수했다고 밝혔다.

삼성이 정문 앞에 바리케이드까지 설치해 정부 조사기관의 출입을 원천 봉쇄하겠다는 것은 이 나라에 대한민국 말고 삼성이란 또다른 정부가 존재하고 있다는 사실을 보여준다. 삼성전자가 이렇게 무모하게 나올 수 있는 것은 믿는 구석이 있기 때문일 것이다. 삼성이 지난 수십 년간 좌左·우右를 막론한 정계와 행정부·입법부·사법부·학계 등 이 나라의 핵심에 심어놓은 '장학생' 인맥人脈과 한국 최고의 '법률 기술자'들을 확보하고 있으므로 대한민국 법률이 삼성에 적용되는 것을 얼마든지 막을 수 있다는 자신감이다.

삼성의 눈엔 대한민국 법률만 우습게 보이는가, 아니면 세계 어느 나라 법도 삼성 앞엔 무릎을 꿇는다는 뜻인가. 삼성은 제 힘센 것만 믿고 하늘 끝까지 다다른 용龍에겐 반드시 후회하는 날이 온다는 항룡유회亢龍有悔의 의미를 무겁게 되새겨봐야 한다.

《조선일보》의 사설이 제목과 표현 면에서 더 잘 읽히고 공감을 얻은 게 사실입니다. 어정쩡한 중립보다는 과감한 비판이, 조심스러운 주문보다는 날카롭고 공격적인 전개 방식이 호평을 얻는 글쓰기의 비결이 될 수 있습니다.

이때 유의할 것은 비판을 위한 비판이 되어서는 안 된다는 점입니다. 한마디로 '공정함'을 갖추고 있으면서도 강하게 비판하면 글이 더욱 힘을 가집니다.

《조선일보》는 기업 활동을 적극적으로 지원해야 한다는 논조를 가진 신문이어서 평소 삼성 같은 대기업을 많이 비판하지는 않습니다. 그런 신문이 대표적인 대기업 비판을, 그것도 가장 강한 어조로 했으니 '의외성'을 보여준 셈입니다. 이를 통해 자연스럽게 '공정함'을 강하게 확보한 사례입니다. 당연히 글의 설득력이 더 커집니다. 같은 맥락에서, 학생인 여러분이 '학생이 당연히 불만스러워할 만한 것'에 대한 비판을 한다면 상대적으로 설득력이 떨어질 수 있다는 점을 참고하면 좋을 듯합니다.

6. 독서와 독후감은 서로를 돕는다

글쓰기는 해보고 싶은데 뭘 써볼까요? 여러분은 궁금할 수도 있습니다. 뭐든지 써보는 건 좋습니다. 정답은 없어요. 어떤 종류의 글을 쓰는 게 여러분의 실력 향상에 도움이 되는지는 전문가 사이에서도 의견이 분분합니다.

요즘은 영상과 SNS가 범람하는 세상입니다. 거의 글을 쓰지 않게 되거나, 이른바 '외계어'나 잘못된 문장이 잔뜩 섞인 아주 짧은 글만 써보게 되죠. 이런 환경에서는 여러분이 '글다운 글'을 자유롭게 써보는 것 자체가 도움이 된다고 생각해요. 무엇이든 좋습니다. 굳이 추천한다면, 그중에서도 독후감을 우선 권하고 싶어요. 앞서《플랜더스의 개》나《보물섬》의 독후감으로 글쓰기 사례를 제시한 것에서 이미 눈치챘겠지만 말입니다.

첫 번째 이유는 단순합니다. 마음에 드는 책을 골라 읽은 뒤 부담없이 느낌을 써보는 것도 나쁘지 않겠죠? '생각하는 독서'를 한 후라면 말이죠. 우리 속담에 '떡 본 김에 제사 지낸다'는 말이 있어요. 책을 기왕 읽었으니, 관련한 글도 써보면 힘을 절반만 들이고도 글쓰기 연습 기회를 얻을 수 있겠지요. 이런저런 생각을 하며 책을 읽었으니 자신만의 생각을 써 내려가거나 핵심 주제를 가려내기도 더 수월할 겁니다.

두 번째 이유도 있습니다. 독후감을 쓰면 독서 능력 자체가 향상됩니다. 대전대학 교육대학원 이경화의 석사학위 논문 〈다양한 독후감 쓰기 형식을 통한 독서능력 향상〉에는 중학생들의 독후감과 독서 능력에 관한 연구 결과가 담겨 있습니다.

학생들에게 여러 형식의 독후감을 쓰게 했더니 여가에 책을 읽는 학생이 50퍼센트 증가해 전체의 61.4퍼센트가 됐습니다. 하루에 한 시간 이상 책을 읽는 학생은 31.4퍼센트 증가해 전체의 45.7퍼센트에 이르게 됩니다. 한 달 동안 한 권 이상의 책을 읽는 학생은 28.6퍼센트 증가해 80퍼센트가 됐죠. 한 달 동안 세 권 이상의 책을 읽는 학생은 27.2퍼센트 증가해 42.9퍼센트가 됐습니다.

무엇보다 독서에 대한 선호도가 증가했습니다. 독서에 대한 선호도는 사람마다 다릅니다. 독서 선호도가 낮은 학생에게 독서량을 늘리라고 하는 건 참으로 고역이죠. 그런데 독후감을 쓴 뒤에는 '독서가 좋다'는 학생이 41.5퍼센트나 증가해 전체의 58.6퍼센트가 됐다고 합니다.

독후감의 효과로 "학생들끼리 서로의 정보를 교환함으로써 새로운 책을 읽고 싶다는 독서 동기를 유발할 수 있었다"라는 내용도 나옵니다. 이 부분은 여러분도 이미 경험으로 알고 있으리라 생각합니다.

독후감을 쓰면 읽었던 책을 최소한 한 번 더 보게 됩니다. 책을 다시 찾아보면서 글을 쓰게 되니까요. 이것은 기억의 효과와도 무관치 않겠지요? 독후감은 자연스럽게 '반복 독서'라는 효과를 냅니다. '고금리 독서'가 중요하지만, 1부에서도 언급했듯 지출(망각)을 줄이는 효율적인 통장 관리도 필요하거든요.

글을 많이 써보지 않은 학생에게 독후감을 쓰라고 하면 대부분 왜 읽게 됐는지(동기), 줄거리는 어떤지, 그리고 그에 대한 간단한 느낌으로 구성하는 경우가 대부분입니다. 아주 뛰어난 독후감이라고 할 수는 없습니다. 그러나 이것만으로도 상당한 효과가 있어요. 앞에서 말했듯 반복 독서를 하게 되고, 줄거리를 요약하는 능력이 자연스럽게 키워지며, 크든 작든 내 생각을 표현하게 됩니다.

첫 문장과 통일성 등 독후감의 기본 구성 원리를 적용해보면 독후감 쓰기 능력도 한 단계 향상될 것입니다. 그리고 더 많은 책을 읽고 더 많은 독후감을 쓸수록, 주제 의식도 더 깊고 선명해지며 자신만의 생각도 더욱 매력 있게 표현할 수 있게 될 겁니다. 책을 읽고 독후감을 쓸 수 있다면 영화나 드라마처럼 영상미디어로 접한 작품에 대한 감상평도 써볼 수 있을 겁니다.

7. 200자 원고지를 활용하라

나는 '디지털 1세대'입니다. 대학에 입학하던 무렵인 1990년대 중후반에 지금의 디지털 및 네트워크 시대가 열렸어요. 대학교 1학년 때 그전까지는 손으로 쓰던 과제를 아래아 한글 등의 프로그램을 이용해 디지털 파일 형태로 만들어 출력하기 시작했죠. 본격적인 전자 타이핑 세대였습니다.

또 당시에는 천리안이나 나우누리 같은 PC 통신이 크게 유행했습니다. 네트워크 세상의 초기 형태였죠. 모두 자신의 아이디로 접속해 자료를 다운로드하고 채팅을 했어요. 지금의 인터넷 환경이 도입된 것도 그 직후입니다. 모두 내가 20대에 경험한 것입니다. 당연히 SNS도 생겨나기 시작했죠.

여러분이 접하는 디지털 환경을 내 나름대로 잘 이해하고 있다는 점을 말하려는 겁니다. 그리고 그전 세상과의 차이점 또한 잘 알고 있다는 겁니다. 그 모든 변화를 직접 체험했으니까요. 고루하고 지겨운 얘기처럼 들리겠지만, 나의 세대는 여러분 또래일 때 정식으로 맞춤법과 띄어쓰기, 원고지 쓰는 법을 배우고 직접 손으로 글씨를 썼습니다. 즉 손으로 글을 쓰는 것과 디지털 글쓰기 모두에 익숙하다는 뜻입니다.

하지만 여러분은 다릅니다. 처음부터 디지털 세상, 네트워크 세상이 펼쳐져 있었지요? 그래서 손글씨나 맞춤법 같은 것에 약할 수밖에 없어요. 특히 글을 길게 쓸 때 더욱 어색해하지요. 더구나 자기가 쓴 글의 분량도 잘 알 수 없습니다.

그러나 반드시, 손으로 글을 써야 하는 순간이 찾아옵니다. 그것도 중요한 순간에, 긴 글을, 분량에 맞춰 써야 할 때가 옵니다. 학생이라면 이런 순간을 피하기 어렵습니다. 이럴 때 200자 원고지를 사용해보세요. 간단하면서도 디지털 글쓰기의 약점을 보완해주는 장치 역할을 해줍니다. 독후감도 원고지에 써보면 도움이 됩니다.

원고지는 여러분의 맞춤법 약점을 적나라하게 드러내줄 겁니다. 약점은 감춰야 하는 게 아니라, 스스로 발견하고 보완하는 것입니다. 요즘 SNS 등에선 맞춤법에 아무도 신경을 쓰지 않죠. 한글 같은 파일도 맞춤법이 틀리면 자동으로 표시하거나 바로잡아줍니다. 그래서 띄어쓰기나 표기법 같은 문법 연습을 할 기회가 없죠.

200자 원고지에 쓴 내 아이의 글을 보니, 특히 문단 나누기 연습이 꼭 필요하겠더군요. 문단 나누기는 글쓰기에서 아주 중요한 요소입니다. 디지털 글쓰기에 익숙해진 여러분은 이걸 별로 신경 쓰지 않는 것 같아요. 정확히 문단을 나눠줌으로써 글을 더 편하게 읽을 수 있도록 꼭 습관을 들여야 합니다. 그렇게 하면 똑같은 글이라도 관련된 내용끼리 묶여 더 정돈된 느낌을 줍니다.

여러분이 쓰는 글의 분량도 정확하게 알 수 있지요. 글의 분량은 띄어쓰기를 포함한 것입니다. 문서 작업을 하는 사람 중 일부는 분량 표시를 해주는 프로그램도 사용합니다. 그렇다고 모든 장소에서 PC 같은 디지털 기기를 쓸 수는 없다는 걸 여러분도 잘 알 거예요. 학생인 여러분은 200자 원고지를 사용하면 글의 분량을 정확하게 알 수 있습니다.

만약 독후감 등 무엇을 써본다면, 글의 분량은 어느 정도가 적당할까요? 200자 원고지 다섯 장, 즉 1000자 정도의 글쓰기를 기준으로 삼으라고 추천하겠습니다. 물론 딱 맞출 수는 없지요. 반 장 정도 적거나 많아도 됩니다. 즉 200자 원고지 네 장 반에서 다섯 장 반에 맞추면 다섯 장을 쓴 것과 다름없습니다.

왜 다섯 장이냐 하면, 우선 많이 활용되는 분량이기 때문입니다. 많은 글이 다섯 장 안팎으로 이뤄집니다. 너무 짧아 아무런 정보를 담을 수조차 없는 분량도 아니고, 그렇다고 너무 길어 지루하지도 않은 분량이거든요. 신문으로 치면, 지면의 대부분을 차지하는 중형 기사나 짧은 고정 칼럼 등에 해당하는 분량이기도 합니다.

둘째, 이 분량은 더 짧은 글이나 더 긴 글로 축소하거나 확장할 수 있는 중간 정도의 양입니다. 골프채를 예로 들어볼게요. 한 사람이 사용하는 골프채는 최대 열네 개입니다. 가장 긴 드라이버와 가장 짧은 웨지나 퍼터까지 다양하죠. 그런데 골프를 배울 때는 '7번 아이언'이란 것으로 시작합니다. 하필 왜 7번 아이언일까요? 그건 7번이 열네 개의 골프채 중 딱 중간 길이이기 때문입니다. 7번 아이언을 잘 배우면, 더 긴 채와 더 짧은 채에도 응용해 쉽게 배울 수 있거든요.

원고지 다섯 장 분량을 잘 연습해두면 원고지 세 장짜리나 열 장짜리, 스무 장짜리 글도 걱정 없이 쓸 수 있게 됩니다. 스무 장도 결국 다섯 장씩 네 번 쓰는 것이니까요. 원고지 스무 장 분량을 통으로 쓰는 경우는 잘 없습니다. 좋은 글이 될 수도 없고요. 결국엔 토막을 내서 몇 가지로 구분·정리해서 쓰게 됩니다. '다섯 장의 글쓰기'가 쓸모가 많은 까닭입니다.

8. 어휘와 글쓰기: 보조 자료를 활용하라

글을 쓰려면 어휘(단어)가 필요합니다. 그리고 여러 사례를 많이 경험하면 좋습니다. 즉 많은 유형의 글을 읽어보는 게 도움이 된다는 뜻이겠죠.

내 아이를 포함해 여러분, 즉 요즘 10대는 상대적으로 어휘에 약하다는 생각을 했습니다. 여러 이유가 있는 듯합니다. 여러분은 책을 포함해 글 자체를 많이 보는 편이 아니죠. 대신 스마트폰을 많이 봅니다. 주로 유튜브나 웹툰 등을 보고 채팅과 게임 등을 즐깁니다. 사실 이런 것에서 어휘를 습득할 수는 없습니다.

그래서 다양한 보조 자료를 적극적으로 활용할 필요가 있습니다. 나는 신문을 활용해 아이와 대화 나누는 시간을 가집니다. 신문에 실린 기사나 칼럼 등을 읽으면서 거기에 나오는 어휘를 함께 익혀보는 방식입니다. 이런 걸 신문활용교육NIE이라고도 합니다. 다음은 《서울경제신문》에 실린 〈오늘의 경제소사: 1240년 탈무드 재판〉이라는 기사입니다.

1240년 6월 12일 프랑스 파리 루브르성城. 국왕 루이 9세가 참석한 가운데 세기의 재판이 열렸다. '파리 논쟁Disputation of Paris'으로도 알려진 재판은 열리기 전부터 비상한 관심을 끌었다. 두 가지 이유에서다. 무엇보다 피고가 '탈무드'였다. 소송을 제기한 원고는 프란체스코 수도회. 원고 측은 유대인들의 율법서이자 주석 모음집인 탈무드를 모두 압수해 불태워야 한다고 주장했다. 기독교와 유대교가 공식적인 자리에서 교리를 가지고 토론한 적은 한 번도 없었다.

'탈무드 재판(Trial of the Talmud)' 혹은 '파리 신학 논쟁'으로 불리는 이 재판은 처음부터 판결이 난 상태에서 진행됐다. 원고 측의 배후가 유대교의 멸절을 원하던 교황 그레고리오 9세였기 때문이다. 교회는 재판의 형식을 빌린 논쟁에서 완벽한 승리를 거둘 수 있다고 믿었다. 원고 측 대표이자 검사 역할을 맡은 니콜라스 도닌 수사는 탈무드를 낱낱이 분석해 35개 죄목을 찾아냈다. 유대인이었지만 개종 후에 교황을 부추겨 재판을 성사시킨 도닌의 상대는 랍비 네 명. 대표 격인 여히엘 랍비는 15년 전 도닌을 파문한 주인공이었다.

도닌은 먼저 탈무드에 '예수가 지옥의 펄펄 끓는 배설물에 흠뻑 젖어 있는 죄인으로 묘사되고 있다'고 포문을 열었다. 여히엘 랍비는 '탈무드에 나오는 예수는 세 명으로 지옥의 예수와 예수 그리스도는 다르다'며 '루이라는 이름을 가진 사람이 모두 프랑스 왕은 아니다'라고 맞받아쳤다. 랍비들은 묻는 말에만 대답하도록 강요당하는 불리한 입장에서도 토론에서 밀리지 않았으나 재판은 원고 승소로 끝났다. 재판을 맡은 루이 9세는 '유대인과 논쟁할 수 있는 최선의 길은 그들을 칼로 찌르는 것'이라는 말도 남겼다.

재판은 유대교에 대한 인식을 바꿨다. 구약에 대한 믿음만큼은 공유한다고 여겼지만 재판 과정에서 구약보다 탈무드를 중시한다는 점이 알려지며 유대인에 대한 차별은 더욱 심해졌다. 중세 이후 유대인이 서유럽에서 거의 사라지고 독일과 중부 유럽으로 이주했던 이유가 연이은 박해 탓이다. 재판의 직접적인 결말은 마차 24대 분량(약 1만 권)의 필사본 탈무드 소각. 유럽 각국에서 비슷한 사례가 잇따랐다. 종교개혁의 기수인 마르틴 루터마저 유대인 탄압을 거들었다. 기독교가 그토록 짓누르려던 유대교와 유대인의 오늘날은 익히 아는 대로다. 인간과 그 정신은 물리적 압박으로 분해되지 않는다. 이스라엘 국가의 호전성에 동의할 수 없어도 유대 민족의 고난 극복 유전자만큼은 평가받아 마땅하다.

이 글엔 많은 어휘가 나옵니다. '멸절' 같은 단어는 아이가 검색을 해보더군요. 이건 잘 안 쓰는 단어긴 해요. 대신 우리는 '세기의 ○○'이란 표현, '피고'란 단어를 둘러싼 법정 용어, '박해' 같은 개념 등에 대해 함께 얘기를 나눴어요. 이렇듯 신문 기사나 방송 뉴스를 잘 살펴보면 꼭 알아야 하지만 아직 파악하지 못한 어휘를 보충할 수 있습니다. 어휘는 글을 이루는 기본 요소입니다. 이 부분이 전제돼야 글쓰기 실력도 상승하겠죠.

또 앞의 기사를 보면서 구약과 신약, 유대교와 유대인, 미국을 중심으로 한 영향력, 이스라엘에 대한 얘기도 했습니다. 내용상으로도 음미해볼 만한 것이 많죠. 이처럼 반드시 책이 아니더라도, 보조적으로 뉴스 등 미디어를 일상의 토론 주제로 삼아보는 것은 글쓰기에 큰 도움이 됩니다.

뉴스나 미디어가 아닌 다른 좋은 콘텐츠를 통해 어휘나 내용을 습득해도 됩니다. 모르는 단어나 내용은 꼭 나중에 확인을 해봐야 합니다. 포털 검색도 좋지만, 부모님이나 선생님께 물어보고 함께 대화해보는 것도 좋습니다. 포털 검색으로는 어떤 단어의 정확한 뜻이나 용법이 나오지 않고 엉뚱한 내용이 뜨는 경우도 많아서 하는 말입니다.

9. 자신감은 키우고, 입시 논술은 의식하지 마라

글을 쓸 때는 '내 생각'을 과감하게 표현하도록 합시다. 물론 여러분은 나이가 많지 않아 경험과 지식 등이 부족할 수 있습니다. 그러나 여러분의 글을 읽는 사람도 이미 그 점을 알고 있어요. 여러분에게 톨스토이의 실력을 바라는 사람은 아무도 없습니다. 또 여러분에게 글의 내용을 책임지라고 할 사람도 없습니다.

내 느낌, 내가 생각했을 때 옳고 그름, 갑자기 떠오른 내 경험…. 뭐든 좋습니다. 여러분이 말하고자 하는 걸 자신감 있게 써나가는 게 글쓰기에서는 가장 중요합니다. 머뭇거리면 한 줄도 못 쓰게 됩니다. 첫 문장을 잡을 때도 마찬가지입니다. 여러분 자신을 믿고, 과감하게 핵심 주제를 잡습니다. 그래야 그걸 잘 표현할 수 있는 흥미 또한 가미할 수 있겠죠.

그리고 글쓰기는 대학 입시 논술을 위한 게 아닙니다. 여러분 시기에는 다양한 책을 읽고, 많은 생각을 하고, 나만의 글쓰기를 자유롭게 해보는 게 더 중요합니다. 글쓰기 방식에 정답은 없습니다. 이 책에서 소개하는 내용은 다만 참고 사항일 뿐이죠.

특히 어릴 때부터 논술을 대비하면 오히려 역효과가 날 가능성이 큽니다. 권순희 전주교육대학 교수의 〈초등학교 글쓰기에 나타난 언어 발달 양상〉이라는 논문을 보면, "감정을 드러내거나 절제해 표현하는 방식의 훈련이 이뤄지지 않으면 중요한 발달 단계를 놓치게 된다"라면서 "대입식 논술 지도를 초등학생에게 속

성으로 지도하는 식의 교육은 제고돼야 한다"라고 지적합니다. 권 교수뿐 아니라 많은 전문가들이 논술을 의식하는 글쓰기 연습이나 쓰기 교육은 바람직하지 않다고 말합니다.

읽기와 쓰기(그리고 이 책에서는 다루지 않았지만 듣기와 말하기도 마찬가지입니다)는 언어 활동입니다. 언어는 그 사람 자체를 드러냅니다. 언어철학자들은 "한 사람이 말하는 것을 30분만 들어보면 그 사람이 어떤 사람인지 대략 파악할 수 있다"라고도 합니다. 어떤 사람의 언어 사용법이나 내용을 보면 그 사람의 본질을 느낄 수 있을 때가 많다는 걸 여러분도 경험상 알 겁니다.

글쓰기는 여러분을 드러내는, 즉 존재 자체를 알리는 수단으로서 중요한 역할을 합니다. 길게 볼 필요가 있습니다. 눈앞의 어떤 목적을 위한 글쓰기보다, 나를 잘 보여주는 수단이 글쓰기란 점을 염두에 뒀으면 합니다.

10. '자발적 글쓰기'여야 한다

모든 일이 그렇죠. 누가 시켜서 하는 건 왠지 하기 싫습니다. 내가 하고 싶어서 하는 건 즐겁습니다. 글쓰기도 마찬가지입니다. 스스로 하고 싶어서 해야 재미도 있고 '지속 가능성'도 커집니다.

수도권에 위치한 여덟 개 초등학교의 6학년생 총 192명을 대상으로 분석한 〈초등학생의 긍정적·부정적 쓰기 경험에 대한 인식 연구〉(태선미)에 따르면, 학생들은 자발적 쓰기를 비자발적 쓰기에 비해 긍정적으로 인식합니다. 싫어하는 것은 '혼남', '억지로 썼다', '남아서 씀', '강요된 글짓기' 등이었습니다. 학생들의 응답에 따르면 자발적 쓰기 활동은 글의 종류에 관계없이 긍정적으로 인식하는 경우가 많았으며, 스스로 쓰기 결과물에 대한 만족감을 느낀 이후에는 쓰기 활동이 더 잘되는 모습도 보였습니다.

물론 여러분이 스스로 글을 쓰고 싶도록 해주는 어른의 도움도 필요합니다. 앞선 연구에 따르면 학생들이 긍정적이라고 느낀 경험으로는 '칭찬'이 가장 많았습니다. 즉 어른들의 많은 칭찬은 여러분이 스스로 즐겁게 글을 쓰는 데 도움이 된다고 해석할 수 있겠죠.

부담을 주는 글쓰기는 누구도 반갑지 않지요. 대표적인 사례가 요즘 유행하는 '필사'입니다. 필사란 어떤 책을 베껴 쓰는 과정을 말합니다. 어떤 어른은 이런 게 여러분 같은 학생에게 권할 만한 방식이라고 말하는데, 내 생각은 완전히 반대입니다. 필사는 지루하고 고된 작업일 수밖에 없기 때문이지요.

필사는 과거 인쇄 기술이 없다시피 하던 시절, 동서양을 막론하고 사용됐던 노동의 한 형태입니다. 인쇄나 복사가 쉽지 않으므로 책을 여러 권 만들려면 누군가 손으로 베껴 써야 했지요. 세계적인 석학 움베르토 에코의 장편소설 《장미의 이름》에는 중세 수도원의 필사 장면이 아주 자세하게 묘사돼 있습니다.

(수도원 문서 사자실의) 가장 밝은 곳은 고문서 연구가, 채식 전문가, 주서사, 필사사의 자리로 되어 있었다. 각 서안에는 채식과 필사에 필요한 도구가 빠짐없이 갖추어져 있었다. 뿔로 만든 잉크병, 수도사들이 예리한 칼날로 끊임없이 다듬어다준 우필, 양피지를 펴는 데 필요한 부석, 줄을 긋는 데 필요한 자에 이르기까지, 준비에 빈틈이 없어 보였다. 각 필사사들 옆, 경사진 서안 위에는 독경대도 있었다. 필사사들은 필사할 고문서를 이 독경대에다 올려놓은 다음, 적당한 크기로 잘라낸 유리를 그 위에다 대고 한 면씩 필사해 나갔다.

글쓰기 솜씨와 필사는 별 상관이 없습니다. '필사론'이 맞는다면 중세 수도원에서 글을 가장 잘 쓰는 사람들은 독경대 앞에서 매일 노동한 필사사겠네요? 글쎄요, 오히려 노동으로서의 글쓰기는 재미는커녕 글쓰기에 대한 여러분의 반감만 키울 것입니다.

물론 이런 걸 권하는 건 여러분의 책임이 아니라 어른의 문제입니다. 다만 힘들거나 하기 싫은 것은 당당하게 하지 않겠다고 말할 수 있어야 합니다. 부모님이나 다른 어른도 여러분이 재미있게 책을 읽고 글을 쓰기를 바라지, 힘들게 노동하는 것을 바라지는 않습니다. 여러분이 재미있게 글을 써보는 것, 그 과정에서 여러분만의 사고와 판단을 내리고 자신을 표현하는 것 그 자체가 소중합니다.

참고 자료

소개한 책

로이스 로리 지음, 장은수 옮김,《기억 전달자》, 비룡소, 2020

김훈,《남한산성》, 학고재, 2007

R. J. 팔라시오 지음, 천미나 옮김,《원더》, 책콩, 2017

아트 슈피겔만 지음, 권희섭·권희종 옮김,《쥐》, 도서출판 아름드리, 1994

이문열,《우리들의 일그러진 영웅》, 아침나라, 2003

위다 지음, 햇살과나무꾼 옮김,《플랜더스의 개》, 시공주니어, 2015

L. N. 톨스토이 지음, 박우정 옮김,《톨스토이 단편선》, 문예춘추사, 2017

윌리엄 셰익스피어 지음, 셰익스피어연구회 옮김,《한 권으로 끝내는 셰익스
    피어》, 아름다운날, 2018

프랜시스 호지슨 버넷 지음, 햇살과나무꾼 옮김,《세라 이야기》, 시공주니어,
    2015

호머 지음, 이세진 편역,《일리아드》, 비봉출판사, 2002

소개한 영화 · 드라마

〈인턴〉, 미국 영화, 낸시 마이어스 감독, 앤 해서웨이·로버트 드니로 주연,

2015

〈#살아 있다〉, 한국 영화, 조일형 감독, 유아인·박신혜 주연, 2020

〈나의 아저씨〉, 한국 드라마, 김원석 연출, 박해영 극본, 아이유(이지은)·이선
균 주연, 2018

참고 논문

권순희, 〈초등학생 글쓰기에 나타난 언어 발달 양상〉, 전주교대, 2007

김경일, 〈정보격차 해소 방안으로서 미디어교육: 독서교육의 관점에서〉, 김포
대, 2005

김이경·어윤경, 〈독서에 대한 해석수준이 초등학생의 독서량과 독서의 재미
에 미치는 효과〉, 공주대, 2019

김현선, 〈서평을 활용한 독서 지도가 독서 태도에 미치는 효과 연구〉, 경기대,
2011

송유진, 〈공격성 조절을 위한 통합적 독서 프로그램 효과 연구: 지역아동센터
아동을 대상으로〉, 가톨릭대, 2011

이경화, 〈다양한 독후감 쓰기 형식을 통한 독서 능력 향상〉, 대전교대, 2003

이국희 외 3명, 〈청소년의 독서 선호도와 독서에 대한 해석수준의 상호작용이
지속적인 독서와 독서량에 미치는 효과〉, 경기대, 2020

이순영, 〈독서 동기와 몰입에 영향을 주는 요인에 관한 이론적 고찰〉, 고려대,
2006

태선미, 〈초등학생의 긍정적·부정적 쓰기 경험에 대한 인식 연구〉, 경인교대,
2014

한윤옥, 〈상상력에 미치는 독서의 효과에 관한 실험적 연구: 특히 영상자료와
의 비교를 중심으로〉, 경기대, 1998